警視庁心理捜査官

公安捜査官 柳原明日香

黒 崎 視 音

徳 間 書 店

目次

プロローグ

　女の甘い悲鳴が、泡のように弾(はじ)けては消えていた。

　室内の動かない空気を、機械で再生される音声特有の平板なノイズが震わせるなか、……切羽詰まったような喘(あえ)ぎが、潮の満ち引きのように、リズミカルに繰り返される。

　喘ぎの合間に挟まれる女の短い声は、次第に蕩(とろ)けてゆくように……、間隔を狭めてゆく。嗚咽(おえつ)のような息が、堪えかねたように悶(もだ)える――。

「なかなか、うまく録(と)れてるようじゃないか？　ん？」

　本間課長は丸顔にかけた眼鏡に手を添えると、情事に溺(おぼ)れる女の声を、あられもなく流しつづけるレコーダーの置かれた両袖机越しに、無表情な言葉を投げた。

呼びかけられたのは、課長席の前に立つ、姿勢の良い女性だった。

女は百七十センチ前後と、同性のなかでは長身の方だった。身長とともに、着こなされたスーツが身体（からだ）の線を引き締めて、端正な立ち姿にしていた。

「そう思わないか？――」

本間は目の前の、長い髪をうなじで纏（まと）めた女にむけて、再度口を開く。

「――柳原君？」

呼びかけられた柳原明日香はしかし、課長席の前で立ち尽くしたまま、言葉を失っていた。

――そんな……これ……。

明日香は切れ長の眼を見開き、机の上のレコーダーに視線を落として、脳裏でそう呟（つぶや）くのが精一杯だった。

――この声って……。

薄いルージュも艶（つや）やかな形の良い唇の隙間（すきま）から、凍えたような息が押し出される。明日香は、三十路（みそじ）に差し掛かったばかりだった。若さと成熟を同時に愉しみ、心身ともに充実に向かう年齢にいた。加えて明日香自身にも、日々の過酷な〝業務〟で鍛えられているとの自負があった。

しかし、そんな自信は、最初から存在していなかったように、消えてなくなっていた。

その代わりに明日香は、無力な自分を見つけていた。血の気が引いて、冷たくなった足を必死に踏みしめて辛うじて立っている、無力な自分を。

まるで、心臓を巨大な注射器の針が突き刺し、温かい血がみるみる吸い取られていくような感覚だった。

レコーダーから執拗に流れる、我を忘れた女の声は、切れぎれの鋭い喘ぎへと変わってゆく。明日香はその声に頭の中を漂白されながらも、無意識に口内炎をまさぐる舌先のように、思考を伸ばしてゆく。

――これは……この女の声は……。

脳裏で思い至った答えは、頭蓋骨を突き破るような衝撃をもたらした。

明日香の眼にする光景が、ガラス瓶の底を通して見ているように歪んでゆく。

視界がゆっくりと回転しはじめる。

眩暈を起こしかけていた。胸の中で、冷たくどろどろしたものが、溢れようと蠢いているのを感じる。

明日香は堪えた。タイトスカートからすんなりと伸びた足が、瘧のように震えても。——けれど意志の力で肉体は支えられても、もし幽体離脱できるのなら、明日香の意識はすでに床に倒れ伏していただろう。

それも当然だった。

レコーダーから押し寄せる女の声は、——明日香の鼓膜を貫き、心臓を……魂を裂き続ける女の声は——。

柳原明日香自身のものだった。

そして、明日香が羞恥の鞭で嬲られるのに、これほど場違いな場所はなかった。

警視庁本庁舎十四階、公安部第一課課長室。

そしてこの場にいるのは、明日香の上司であり部屋の主である公安第一課長、本間啓助警視正だけではなかった。

明日香の後ろには、応接セットがしつらえられていた。そこには、山路和宣、牛島邦宏の両参事官、藤田公安総務課長らが顔をそろえているのだった。

しかし――、立ち尽くす明日香の背中を注視する公安部幹部たちには、他人の秘め事を聞き、しかも当の本人を目の前にしながら、一切の表情がなかった。まるで、実験中の科学者か、あるいは……、儀式を見守る長老のような。

実際、それは儀式だったのかもしれない。他人に知られなければきわめて個人的な明日香の秘め事を、白日の下に引きずりだし晒すことで、〝卑猥〟〝猥褻〟というレッテルを貼り付けるための……。

明日香は無表情な視線の中で、服を剝ぎ取られ、辱められているも同然だった。

――もう、やめて！　明日香は眼を固く閉じ、心の中で叫んだ。

もう充分でしょう？　だからもう止めて！　お願いだから、もうこれ以上、私に酷いことしないで……！

けれど、レコーダーを止める者は、誰もいなかった。机の上で、レコーダーは、明日香の秘め事を容赦なく、そして正確に再生し続ける。

もう限界だった。明日香はこの世から消えてなくなりたかった。これまで生きてきた過去一切の痕跡も残さず、自分を抹消してしまいたかった。

足もとも不確かな明日香が、心の深い穴の闇に溶けて消えるのを望んでいる半面、……レコーダーから流れる声は、歓喜の熱に突き動かされ快楽の階段を駆け上ってゆく切なさを帯び始める——。

〝……あっ……あん……もっと……！〟

明日香は天上の楽園への扉に手をかけた時の自分の、むせぶような声に耳朶を一撃され、眼を見開いた。

その途端、目の前に黒い紗がかけられたように、視界が暗くなる。

眩暈が、する。頭の中で意識がぐるぐると回り、螺旋状になった意識が、どこかへ吸い込まれてゆく……。

——もうやめて……！

お願いだから……！

明日香の意識に、暗黒のシャッターが音を立てて下ろされた。それから後は、記憶の及ばない、完全な漆黒の闇だった。
けれど、レコーダーからの声だけは、暗黒のなかを反響し続けた。
明日香の固く閉ざした目蓋の裏で、いつまでも……。

第一章　爆破予告(265)

〝至急至急！　愛宕(あたご)PSから警視庁！〟

〝至急至急、こちら警視庁。どうぞ！〟

〝爆破予告(265)の件、当署庁舎及び敷地内を検索したところ――〟

……闇の中に声だけが響き、交錯してゆく。

　無線が鳴っている。キカンケイ、――基幹系の音声だ。警察活動の背骨、中枢神経をなすもの。そして――。

「……ちゃんと聞いてます？」そう問う女の声も聞こえた。

　スピーカーから聞こえる無線の音声は、テーブルのうえで放置されていた食パンのように乾いてぱさついていた。けれど、呆れと苛立ちがそれぞれ少しずつ交じった声は、間近からかけられた肉声だった。

そうだ、これは、現実……。

あてどない意識の回転に急制動がかけられる。いま生きている時間に引き戻され、繋がる――。

柳原明日香は、あらためて自らの肉体の所在を確認したような、そんな唐突な思いを味わいながら、端整な面差しをわずかに上げる。

「――ええ」明日香は艶やかな唇を開いて言い、続けた。「もちろん」

そして、長い睫毛に縁取られた目蓋を上げて、尖った声で質してきた女のいる方へ顔を向けた。

……明日香の眼に映ったのは、仄暗い、マイクロバスの車内だった。

ぼんやりとした薄闇なのは、自らを閉じ込めるように窓という窓に引かれた、ベージュのカーテンが陽光を遮っているからだ。それだけでなく、運転席とも隔壁で仕切りまでしてあった。その、身内も含めて衆目を閉め出したマイクロバスの車内からは、ほとんどの座席は取り払われていた。代わりに、中央には縦長のテーブルが固定され、数人の背広姿の男たちが周りを囲んでいる。

明日香に問うたスーツの髪の短い女はその脇に立って、こちらに白々とした眼を向けている。テーブル——作戦台の周りにいる男たちの何人かも、同様の視線を投げているのが感じ取れた。

明日香は、運転席側の壁際に取り付けられたラックに収まる、作動中のランプを赤く点す無線機の前でパイプ椅子に座り、白い眼で見返してくる女の顔を、まっすぐ見返していた。

突発公安指揮官車——。それがマイクロバスの正式名称だった。

明日香を含めて十人近くの公安部捜査員の詰める車内には、……男性用香水、整髪料、煙草のヤニなどの雑多な臭いが入り交じり、人いきれの生温かさもあって、むせるようだった。

そんな澱んだ空気をかき混ぜて、無線は鳴り続いている。

〝——当愛宕PS東側、コインパーキングに駐車された車両の後部座席に、不審なコンテナバッグを発見……！　どうぞ！〟

〝警視庁、了解。――〟

予告どおりね、と明日香は無線へ顔をもどしながら思った。

〝都内の警察施設を爆破する〟

警視庁本部、公安部長宛に手紙で犯行予告が郵送されてきたのは今朝のことだ。明日香たち捜査員が、十四階会議室で急遽、行われた概要説明では予告状の詳しい文面も知らされないまま、事案発生に備えた先行配備についたのは、つい二時間前だ。

でも、と明日香は思い返した。――まだ発見された不審物が、爆発物（マルY）と確認されたわけではない。

「実査してきます」明日香は無線機の前のパイプ椅子から立ち上がった。

「ああ、行ってくれ」牛島邦宏参事官が、テーブルを囲む男たちの中から答えた。

「日高さん？　ここ、頼むわね」

明日香は、さきほど尖った声をかけてきた髪の短い女に言い置いて、背後のドアへと振り返る。

「はいはい」

日高冴子が馬鹿にした口ぶりで答えながら〝作戦台〟を離れ、狭い車内を近づいてきた。そして、明日香とすれ違うようにして肩が触れた瞬間、囁(ささや)きかけてきた。

「ぼんやりしちゃって、あの時のことでも思い出してたんですかあ?……嫌らしい」

明日香に対して、ほんの半年前までは、考えられない態度と言葉だった。

冴子は明日香より三歳下の二十七歳、さらに階級も警部補である明日香よりひとつ下の、巡査部長だった。これまでは、明日香を先輩、と呼んで慕い、明日香自身もそんな冴子に、なにくれとなく手を差し伸べていたものだった。しかし——。

テーブルの方からも、聞こえよがしな追い打ちがかかった。

「よっぽど良かったんだろ、な？」

幸田康男の声だった。長身痩軀と、曖昧な七三分けが特徴の中年男。

「ああ、なんせ相手は〝公一の女狐〟を手玉にとるような奴だからよ」

福原昭一の声もした。幸田と同年代だが、身長は並みなのに小太りで、丸顔に眼鏡をかけている。

「じゃあ、手玉に取られた女狐は、ただのメスですね」

光村達男が、わざとらしい脳天気な声で追従した。幸田と福原より一世代下の、まだ若い三十代の男だった。

車内にはもちろん、幹部もいた。けれど、三人の男のあからさまに性的な揶揄を、テーブルに着いた牛島参事官は叱責しようともしない。

牛島はそれどころか、失笑さえ漏らした。

明日香は、カカシと瀬戸物タヌキ、それに腰巾着の下卑た言葉には、もう慣れてもいて聞き流せた。けれど、ここまで届くはずもない牛島参事官の息に、胸の悪くなるような濃厚な生臭さが含まれているのを感じた。

そうだ、牛島参事官はあの時……、〝秘聴〟し録音した私の声が、あられもなく撒き散らされ、幹部たちの耳に供された公安第一課長室に、同席していたのだから。

あの時、私の自尊心は、ずたずたに切り裂かれたうえに、なぶるような辱めをうけ、さらに襤褸のように泥靴で踏みにじられた。――けれど、それだけじゃない。

私は、公安部員としての誇りまで剝ぎとられたのだ。

柳原明日香は、国家公務員Ⅱ種として警察庁に採用されて以来、ずっと公安畑を歩いてきた。

それは、明日香本人の志望した結果ではなかった。

明日香の生まれ育ったのが、そもそも横浜市の平凡な中流家庭であり、親戚を見渡しても警察官を拝命した者はひとりもいなかった。だから、警察内部において公安が、刑事や交通などの他部門に比べて高く格付けられている事も、入庁するまで知らなかった。

明日香が警察官を志したのは、世の中やひとの役に立ちたいという、形は漠然としているものの確かな気持ちが、胸の中にあったからだ。さらに、好きな語学を活かしたい、という理由もあった。そうして、信徒ではないけれど通っていた都内のミッション系大学を卒業すると、Ⅱ種採用者が初任科教養を受ける、関東管区警察学校へ入校した。

転機は、初任科を修了したあとの、所轄署の現場実習先に赴いたときだ。巡査部長の階級を与えられ、実習を命じられた署は、警視庁麴町署の警備課、つまり公安だったのだ。

明日香たち国家公務員Ⅱ種、いわゆる準キャリアは、もともと、警察庁本庁に都道府県警の優秀なノンキャリア警部補を登用する制度を補完するために設けられたものだが、内実は化学や物理など専門職の採用枠でもある。

それにもかかわらず明日香が公安での見習いを命じられたのは、高卒大卒を問わず、警察学校での成績が上位一割の優秀者が、公安に配属されるという不文律があるからだ。

そしてこれは公安部員たちの、他部門に対する強い優越感の、源泉でもあった。

しかし明日香自身は、と言えば、麴町署では想像していた交番勤務や捜査といった警察活動との違いに戸惑いつつ、与えられた職務に精一杯で、選ばれた者の高揚に浸る暇はなかったものだ。

明日香はけれど、周囲から準キャリア見習いの〝お客さん〟扱いされながらも、警備課――公安の捜査員の、自分たちは大きな社会秩序を担っているという自負に、感銘を受けた。

――私の知らなかったところで、世の中の安全を守っていた人たちがいたんだ……。

だから、見習いを無事終えて関東管区警察学校を卒業し、志望どおり警察庁から警視庁へ転出のうえ、富坂警察署警備課公安係を命じられると、素直に嬉しかった。上層部も、明日香に素質があると見込んだのだろう。

だが、所轄で、しかも大規模なオペレーションがないとはいえ、捜査の現場は甘くはなかった。

明日香は、ドアを開けると内部にまで念入りにカーテンの引かれた警備課で、着任の挨拶を済ませた途端、課長にこう告げられた。

「ここに来た以上、君も戦力として扱う」課長はじっと席から見上げていった。「だが、講習も受けていない者に基礎から教える暇はない。技術は身体で覚えろ」

対象を徹底的に監視する〝視察〟、同じくそれを気取られぬよう尾行する〝追尾〟、さらに写真撮影する〝秘撮〟。脳裏に焼きつけた対象者の顔貌を、どんな人混みであろうと見つけ出す〝見当たり〟……。

明日香は公安捜査員としての技を、極左暴力集団——過激派の非公然活動家相手に磨いていった。

とりわけ、上達が目覚ましく、不手際には容赦ない指導を躊躇わなかった同僚たちにも一目置かせたのは、明日香の対象追尾能力だった。

女性でしかも容姿が優れ、さらに身長も高めとなれば、不利な条件が揃っている。けれど明日香は、気配を消す方法を体得していた。

追尾に入ると、胸の中で、心をおり紙を折るように小さく畳んでゆく——そうイメージするのだ。折って半分の大きさになったら、次はまたその半分、さらに半分に……、という風に。そう想念を凝らすことによって明日香は、普段は周りへ放射している気配を徹底的に内向きにして封じ込め、自分の存在を背景に溶け込ませられるようになったのだった。

その成果が出て、男性捜査員では難しかった、極左暴力集団である〈革同連〉の女性活動家を秘匿追尾し、新たなアジトの割り付けに成功して、公安部長賞を受けた。

そして三年の後、明日香は警部補への昇任とともに、一旦は警察庁に呼び戻され、警備局警備企画課に配属された。そしてその後、ついに念願の所属への異動が決まった。

警視庁・公安部第一課勤務を命ずる——。

全国で唯一、警視庁だけが独立した公安部を擁する。その規模は小さな県警ほどもあり、警察庁も一目を置く、最大であり、かつ最強の公安警察なのだ。

明日香の記憶には、極左暴力集団、わけても〈革同連〉を監視対象とする公安第一課着任の際の、係で行われた歓迎の儀式が、ある種の高揚の熱とともに鮮烈に刻み込まれている。

それは、分厚い書類を飲み込んだロッカーが、さながら迷路の壁のように仕切った部室で行われた。

「これから我が係伝統の、迎えの儀式をする」係長は、淡々と宣言した。

なにが始まるんだろう……？　神妙な表情をつくりながらも戸惑いと好奇心一杯の明日香と捜査員らが、机を並べた島の周りに集まった。

集まった捜査員の中には、幸田や福原、光村もいた。この時はまだ、明日香を、これから起こることに慣れた表情で窺うだけだったけれど。

係長は全員の注視の中、おもむろに履いていた黒い革靴を脱いで、書類の片付けられた事務机の上に載せた。

靴を脱いでどうする気なんだろう……？　明日香は眼を見開き、机の上の場違いな革靴に呆然と視線を落とした。

すると、係長は、捜査員が脇から恭しく差し出した特大ビール缶から、中身の液体を、自分の革靴に注ぎ始めたのだった。

明日香にとって、驚くのを忘れるほど奇妙な光景だった。

係長は表情を変えず特大ビール缶を置くと、革靴を手に取り、白い泡の溢れかけたカフスに口をつけた。そして口に革靴をあてがったまま、ゆっくりとその爪先を持ち上げて、中身を飲み干し始めた。

明日香は驚きで言葉を失っていたので当然だったが、他の捜査員ら、幸田や福原や光村も囃したてるわけでもなく、どこか厳粛な表情で見守るだけだった。

係長の顔の前で、革靴の爪先があがりきり、そして、喉を鳴らす音が止まった。

これが……、儀式の意味ってこと――。明日香は、係長の顔の前でまっすぐ天井を向いた、すり減った靴底を、ただ見開かれた瞳に映していた。

係長は靴を下ろし、息も吐かずに口元を拳でぬぐった。そして、明日香を見詰めて、靴を差し出して告げた。

「さあ、次は君だ」

明日香の鼓動が、どくん、と高鳴った。

けれどそれは、要求された行為への、困惑のせいではなかった。まして嫌悪感でも、怒りでもなかった。負の感情でさえなかった。

明日香の胸の中で膨れあがった感情。それは――。

期待、だった。

――これまでとは違う、別の私になれる……！

明日香はそう思い至った途端、自然と一歩を踏み出して、両手の平に、靴底についた埃がざらつく手触りを不思議と明瞭に感じながら、革靴を胸の前で捧げ持った。

両手の上の革靴へと、缶の口から褐色のビールが満たされるのに視線を落とす間、どこか性的でさえある、四肢が緩く痺れてゆくような興奮まであった。

明日香は、入念にクリームで磨いた革靴特有の臭いと、中年男の鼻を突く汗のそれを意に介さず、艶めいた唇をつけると、冷たく泡立つビールを、一気に喉へと流し込んだ。

「……おい、見たか」幸田が居並ぶ人垣の中で囁いた。

「なんの躊躇もなしかよ……」福原が答えた。

「……すげえ」光村も呆れ半分に吐いた。

明日香は周囲で囁きと小さな感嘆の息があがるのに頓着せず、一心にビールを喉に流し込み続けた。

さらに明日香は、別のものも飲み込もうとしていた。

それは、実習先と勤務した所轄での、同僚たちの言葉だった。

〝署の他の所属の仕事は、警察でなくてもできる。だが俺たちの任務……、国益を守るって仕事だけは、俺たち公安にしかできないんだ〟

〝その辺の空き巣やら、頭に血が昇って人を殺しただけの奴が捕まらなくても、治安に大きな影響はないだろ？　だが俺たちが対象を失尾すれば、大勢の人間が死ぬかも知れん〟

本当にそうだろうか？　警察官の仕事は、市民を犯罪から守ることで……、重要とはいえ公安も、警察活動の一部では……？　明日香がずっと違和感を持ちつづけ、納得しきれないまま心の中で漂うにまかせていた同僚たちの言葉であり、価値観だった。

けれど明日香は、ビールごとその価値観さえ飲み干し、受け入れた。

——私は、なにより国益を優先する組織の一員だ……！

明日香がふっと息を吐いて空になった革靴を下ろした瞬間、おお、というわずかばかりのどよめきが、見守っていた捜査員らからあがった。

明日香は、それに応え、微笑(ほほえ)んだ。——すべてを受容する慈愛に満ちているように見えて、同時に、他人の詮索の視線を弾き返すような硬質の冷たさで。

艶然(えんぜん)としながらも辛辣(しんらつ)さも含んだ、明日香自身、自分のなかにあるのを知らなかった表情だった。

明日香はその微笑みで内面を守りながら、職務に没頭した。

〝視察〟や〝追尾〟、〝秘撮〟に加えて、〝協力者〟と呼ばれる、公安に情報を提供する者あるいは工作活動に必要な人的手段の、獲得作業に。

明日香のなりふり構わない責務への献身は、いつしか周囲に、感嘆を込めてこう呼ばせる事になった。

〝女狐〟――と。

けれど、周りからどう呼ばれようと、明日香は九つの尾を生やしているわけではなかった。肉体には、若い女の温かい血が流れている。

明日香は、ひとりの男に心惹かれ、恋をした。

それは、一課だけでなく公二――公安第二課の捜査員も交えた、作業検討会がきっかけだった。

身内にさえ特徴を消し去ろうとする者も多い公安部員の中にあって、その公二の男は控えめな笑顔と、他人の発言に真摯に耳を傾ける表情が印象的だった。

何度か顔を合わせる内に言葉を交わすようになり、つきあい始めた。

公安部が警視庁内で孤立しているのと同じように、個々の公安捜査員もまた、孤独な存在だった。保秘の徹底を図るため、外部へ情報を漏らしている者はいないかを係同士、さらには捜査員同士でも、相互に監視し合っているからだ。

疑惑を持たれただけでも、監視の的にかけられる――、つまり同僚から視察対象者(モニター)として行動確認される。……自分たちが、対象組織の要警戒対象者にしてきたように。だから、精神的重圧で心に変調をきたし、公安を去る者も多かった。

そんな厳しい緊張を強(し)いられる日々のなか、明日香の求める安らぎを、男は包み込むようにして与えてくれた。

休日ごとに逢い、……やがて何もかも――自分を守っている微笑みさえ脱ぎ捨てて、明日香は男に抱かれ、交わった。肌も粘膜も、とめどなく濡れた。

明日香は、束(つか)の間の悦楽を、心の底から味わうことができた。

……半年前の、あの事件が起こるまでは。

そして明日香はいま、突発公安指揮官車のマイクロバスの車内で、難解な微笑みのまま、すれ違いかけて後ろを向いた日高冴子の横顔を、視線を流して見下ろした。

冴子は、かるく栗色に染めたショートカットの下にある、あからさまな嘲(あざけ)りを覗かせる円らな眼を上目遣いに流して、明日香を見上げていた。口元には軽蔑の冷笑をわずかに含んでいる。

明日香は、冴子の小悪魔じみた顔立ちにもかかわらず醜い表情から、すっと視線をはずして通り過ぎた。

「無線台、よろしく」明日香が冴子に片頬を見せ、肩越しに告げたのは、それだけだった。

前に向き直った明日香は、そのままほんの数歩で、狭く薄暗いマイクロバスの車内を横切ると、中折れ式のドアに向かった。

床より一段低いステップを下り、左手でドアの取っ手をつかみながら、右手で秘匿用無線機のワイヤレスイヤホンを摘みだすと、耳朶に差しこんだ。

「こちら〝ヤナ〟」明日香は襟元に隠したピンマイクに囁いた。「これより開局。実査に向かう」

明日香は、公安専用チャンネルに特有の、捜査員個人のあだ名を使用する交信で無線運用開始を告げてから、中折れ式ドアを、腕で横に薙ぐようにして開けた。――

明日香は途端に、薄闇から一転、燦然とした光に包まれた。……頬を撫でるのも、車内に澱んでいた生温かく雑多な臭気にまみれた空気でなく、乾いて冷涼とした、酸素をたっぷり含んだ清々しい空気だった。

突発公安指揮官車が停まっていたのは、三方を頑丈さ優先で装飾性皆無のビルに囲まれた場所だった。

地面の舗装された中庭のようなそこは、大半は灰色の日陰だったけれど、ビルとビルの間からの、暖かな陽光が眩しい。

秋の澄んだ陽差しに、近くに駐車されている所轄の黒白パトカーや覆面捜査車両も、柔らかな光沢で応えている。覆面パトカーは、刑事部の機動捜査隊だろう。

警視庁第一方面、愛宕警察署。――基幹系無線で、爆発物発見の至急報を流した、まさにその警察署だった。

明日香ら先行配備についた公安部にとって、最優先で確認しなければならないはずだった。だが……、明日香はマイクロバスから駐車場のアスファルトへ、パンプスを履いた足を降ろして走り出す前に、ステップ上で、ほんの少しだけ生理的欲求を優先させることにした。

胸一杯に新鮮な大気を吸い込む。するとようやく、地面の底で真っ暗な巣穴を這い進んでいたモグラから、人間に生まれ変われた様な気がした。

モグラ、か……。明日香はポケットから取り出した、目立たない紺地にわざと視認しにくいよう同色で〝公安〟と刺繍された腕章に腕を通しながら、ふと思った。

――私は、もっとも不名誉な、その〝通謀者〟の刻印を押されて、公安部を追われる……。

明日香はマイクロバスのステップを降り、両足でアスファルトを踏みしめる。

と――、待っていたように背後から、乱暴にドアの閉じられる音が響いた。

明日香の耳と背中を、その音はまるで、拒絶かあるいは存在すべてを否定する宣言のように打った。

覚えてなさい……。明日香は前を向いたまま表情も変えずに、心の中だけで告げた。

——私は、私を辱め、私が一番大切にしていた誇りを奪ったやつを赦さない……！

明日香はわずかに残された誇りを確かめるように、突発資機材である腕章を、ことさらきちんと袖に安全ピンでとめた。そして走り出そうとして——。

「注意不足は——」男の声が、突然かけられた。「——事故のもとだな」

明日香は足を止め、声のした方に身体を向けた。

冷然と何事もなかったように佇む、ルーフ上に何本もの短いアンテナを突き立てた公安指揮官車の陰に、背広姿で身長の低い、四十代ほどの年齢の男が立っていた。

男の背丈は、警察官採用基準の身長百六十センチぎりぎりで、男性としては低い方だろう。ただし体つきのほうは、若い頃よほど熱心に鍛えたのか、同じく警察官採用の際の条件である〝胸囲は身長の半分〟よりも、五割は分厚い。

「布施……さん」明日香は呟いた。

明日香は言葉こそ無味乾燥だったけれど、優美な曲線の眉は、嫌悪でひそめられていた。

その男、布施治人は、明日香の恥部全てを知る男だったからだ。

いいえ、と明日香は思い返す。――知る、というより、掌握している、と言ったほうが正しいのか……。

明日香は、寄せていた眉の下で布施に据えていた眼を、ふと和ませて微笑んだ。

「あらやだ、私にまだつきまとう気? それとも――」明日香は軽い口調で言った。「趣味の立ち聞き盗み聞きで、好奇心を満たしてたのかしら?」

「別に、趣味にしてるわけじゃない」布施は、マイクロバスの車体に沿って近づきながら、太い声で抑揚なく答えた。

「へえ、そうなの?」明日香は両手をジャケットの腰に当てると、わずかに小首をかしげて、眼を見張って見せた。「ごめんなさい、随分と暇そうだから」

明日香は促すように顔を前に戻し、視線を投じた。

並んだ警察車両のルーフ越しに、制服警察官たちの慌ただしい動きが見えた。

「俺は、特に配置を指示されなかったからな」

布施は、中庭を行き交う愛宕署署員らから、眼を明日香に戻して言った。

「あらそう、やっぱり暇なの。〝特命〟は違うわね」明日香は言い捨てて走り出した。「羨(うらや)ましいこと」

明日香は小走りに、駆けてゆく制服警察官たちの青い背中を追った。

敷地外へは、一旦、愛宕署庁舎通用口から一階の受付フロアを玄関に抜けるのが早道だった。明日香が制服警察官を追って一階に入ったところで、布施が追いついた。

明日香たちは、免許更新や遺失物の申告に訪れた人々に眼を丸くして見送られながら、フロアを通り過ぎる。

「そう……嫌わないで……もらいたいな」

布施が、庁舎玄関の自動ドアが開くのを待って足が止まった時、隣の明日香へと荒い呼吸の合間に囁きかける。

たった数十メートル走っただけなのに、布施の息の切れ方は、この男が見た目ほどに頑丈ではなく、それ以上に疾患を抱えているのを教えていた。

「好きになれないのよ。——」明日香は、そんな布施を気遣う様子もなく、左右に開き始めたガラスの自動ドアから飛び出しながら、吐き捨てた。

「——半年前から」


半年前、豊島区内で、昼間、アパートが全焼した。

火の勢いは激しく、十六世帯が入居するモルタル造り二階建てのアパートは、駆けつけた消防隊の懸命の消火活動にもかかわらず燃え落ちた。

二階に住んでいた老夫婦が犠牲となる惨事だった。

当初、所轄署員の聞き込みで、出火時刻に近隣住民が「爆発音のようなものを聞いた」という証言が得られたため、火災の原因は不幸な事故と見られた。

しかし——警察と消防が合同で行った実況見分の結果、次のことが判明した。

火元は一階角部屋と断定されたが、炭化深度の度合いから、出火箇所がガスを使用する台所ではなく、居室であったこと。また、その居室にあった発火源と思われる物体が、使用を誤れば爆発事故を起こすガスコンロなどの一般的な日用品でなく、通常ではあり得ない爆発力と高熱で、破片が溶融して四散し、原形を留めていないこと。

なにより、その部屋の住人は偽名で部屋を借りていた上に、連絡が取れず、現在は行方不明であること――。

判明した事実を、所轄からの速報で受けとった警視庁公安部の動きは、速かった。

公捜隊、あるいは公機捜と呼ばれる公安機動捜査隊が実況見分を引き継ぐ一方、明日香たち公安一課は翌日から、行方不明男性への、人定の割り付け捜査を開始した。

その結果、ひとりの男が浮かび上がった。

加島三四彦。爆弾製造の専門家だった。

追及捜査を続ける内に、加島の、得体の知れない人間性までもが明らかになっていった。

公安一課が主たる視察対象とする極左暴力集団〈革同連〉だけでなく、公安二課のそれである〈赤盟派〉とも関わりを持っているのだ。

普通では、考えられない関係だった。

極左暴力集団は、前世紀半ばの大衆運動を源流としながらも、それぞれの組織が、路線の違いから忌み嫌い合い、敵対関係にあるからだ。それが、互いの構成員への凄惨な襲撃や殺人、いわゆる内ゲバ事件として表面化する。また、組織内にあっても、警察も含む敵対組織に抱きこまれたスパイの存在を絶えず疑い、疑心暗鬼が高じて〝総括〟という名のリンチ、内々ゲバが発生する。

そんな極左暴力集団の世界で、加島が二つの組織と関わりを持っているのは、加島の爆発物製造の技術を、〈革同連〉と〈赤盟派〉の双方が高く評価しているからだ。

なにより、加島自身が、極左活動家でも革命家でもなかったからだ。ただただ、自分の理想とする爆弾を製造することだけに暗い情念を燃やす、信念のない男に過ぎなかった。〈革同連〉や〈赤盟派〉の活動家たちにとっては、加島は軽蔑しながらも重宝な存在だったに違いない。

明日香にとっては、自らの行為の結果を想像もできず、さらに、なんの罪もないお年寄りに悲惨な死を与えた、外道でしかなかったが。

アパート爆発事件は公安部の指揮事件となり、明日香たち第一課が主管課（もとだち）となって、全力で加島三四彦の行方を追った。

しかし、結末は予想外のものだった。

加島三四彦は三週間後、〈革同連〉の支援者のマンションに潜伏しているところを逮捕された。

ただし、明日香たち公安一課ではなく、公安第二課に。

なぜ、事案の主管課ではない所属の、それも二課が……？　明日香も含めた公安一課捜査員のほとんどが、加島逮捕の一報に衝撃を受けながらも疑問に思ったのは、その点だった。

同じ極左担当とはいえ、公安一課は二課よりも優位にある。それは、警視庁管内において、極左全般への〝協力者〟の獲得工作及び運営を、一課が統括していることでも解る。

けれど、捜査本部のおかれた所轄署の講堂へ舞い戻った明日香たち捜査員らを前に、本間公安一課長は眼鏡を鼻の上で押し上げながら、加島逮捕の事実を告げるだけで、経緯についての説明は一切なかった。

経緯の説明がないことで、公一捜査員らは、逆に納得した。

情報管理の徹底された公安部において、捜査員個々の精神に叩き込まれているのは〝知らされないことは、知らなくて良いこと〟という不文律、あるいは掟だ。

——事案、事象の全体図は幹部が完璧に把握していればよい。現場の捜査員は、与えられた〝作業〟を地道に、そして忠実にやっていればいい。全体の構図を見なければ士気が保てないというのなら、それは個人の手柄ばかりに血道を上げる刑事部の〝ドロ刑〟どもと、変わらないではないか。情報の保秘、秘匿こそが、自分たちの生命線だ——。

しかし、そう信じて疑わない公安一課捜査員たちの脳裏にはそれでも、消えない疑問が突き刺さり続けた。――加島三四彦はなぜ、自分たち一課しか把握していないはずの支援者宅で、それも公安二課に逮捕されたのか？

だがそれも、公安部幹部たちの会合で何らかの判断なり決定が下された際、本間一課長から二課の門前勝男課長に捜査資料が手渡され、それをもとに二課は加島の潜伏先を突き止めたのだろう……、と考えれば、腑に落ちない話ではなかった。

けれど、それは間違っていた。

清竹公安部長の厳命で、公安一課への徹底的な内部調査が始まったのだ。

一課内の誰かが、二課の通諜者となって情報を漏らしているというのか？……公安一課員らは、理由を告げられない不意の呼び出しに怯えながら、同僚の顔を窺うしかなかった。

なぜなら、明日香たち公安捜査員の世界では、疑惑を持たれた時点で、将来が終わってしまうからだ。たとえ漏洩先が外部ではなく部内の他所属であっても、

〝保秘意識に問題のある、脇の甘い要注意者〟として追放され、日の当たらない所属をたらい回しにされる。

そんな、普段でも洞窟のようにひっそり静かな十四階の公安第一課に、さらに猜疑の沈黙が冷たく漂っていたある日――。

明日香は、一課長室に呼び出されたのだった。

部屋の主の本間一課長だけでなく、牛島と山路の両参事官、筆頭課である公安総務課長、藤田警視正ら幹部たちの居並ぶ面前で、公安二課の男との交際を質されると、明日香は素直に認めた。その上で、漏洩の事実はないと明言した。

その直後に、男との情事を〝秘聴〟し、録音したテープを聴かされたのだった。

「……しかし」明日香はテープの再生が終わると、吐き気を押さえて顔を上げ、抗弁した。「令状のない秘聴は、違法です……」

「通常業務である、相互監視の範囲内だ」藤田公安総務課長が素っ気なく言った。

「極左を手玉にとる〝女狐〟が――」牛島が冷ややかに言った。「巣穴では随分と色っぽい声で鳴くものだと感心したよ」

「同じように甘い声で、内部情報を囁いたんじゃないのか！」本間が怒鳴った。

明日香にとっては身に覚えのない過失への処分は、その場で決定された。法律にもとづくものではなく、内規に拠った〝監督上の措置〟とよばれるものだった。

柳原明日香警部補は戒告の上、来年度、公安部から他所属へ異動――。

明日香は一課長室から退室して、帰宅するまでの間の記憶がなかった。それほどの衝撃と喪失感だった。

本間課長が告げたのは、事実上の、公安からの永久追放宣告だったからだ。

――私はもう、公安にいてはいけない人間にされてしまった……。

明日香には、夢があった。……それは、厳しい職務の日々の中でも、守り育てた希望だった。

明日香の夢とは、国際テロと闘う第一線に参加することだ。

国内の極左勢力は、衰退の一途をたどっている。それにともない、それらに対峙する公安部の存在意義も変化しつつあった。

現に、それは警察庁警備局内の公安部の大幅縮小という形で反映され、警視庁内にあっても、公安部から右翼担当の公安三課と暴力団担当の四課とを統合しようとする動きがある。さらに、外国人の組織犯罪を取り締まる公安部外事特別捜査隊にも同様に、公安部から切り離すべき、という声もある。——後に、公安三課と四課の統合は立ち消えになったものの、外事特捜隊は新設された組織犯罪対策部に移された。

つまり、米国の同時多発テロ以降、遅まきながら日本警察が力を入れ始めているのが、国際テロ対策なのだ。

明日香はその最前線に就きたかった。——より多くの国民の生命財産を含めた国益を守る任務を、成し遂げてみたかったのだ。警視庁公安部での仕事を腰掛け程度に考えたことなど、ない。ただ、その延長線上に、古巣の警察庁に戻ってからの仕事を夢見ていた。

けれど明日香の夢は……、将来は——、失われてしまった。永遠に。

代わって得られたのは、同僚たちのあからさまな蔑視だった。

内通者、イヌ、モグラ。……情事に溺れて情報を漏らした、公安にあるまじき裏切り者。

内心は別にして、表面上は処分を受け入れた明日香は、それらの視線や嘲りに、一切答えなかった。というよりも、生きながらに内臓を抜き取られた自分の身体を眺め続けているような、自らのうちに何もないのを、ただ確認しているような日々だった。

そんな中、同僚の蔑視以上に耐え難かったのは、ひとりの男から執拗な聴取をうけたことだった。

呼び出された会議室に現れたその男こそ——。

布施治人なのだった。

明日香もそれまでに、噂は耳にしていた人物だった。……上背はないものの頑健そうな外見に似合わず、心臓を悪くしているらしい。無理な〝視察作業〟が祟(たた)った結果なのだという。

なにより、公安総務課内に設けられた警察庁特命、つまり警備局長から直接指示された業務を担当しているらしい、と。

布施の担当は、〈特命業務班〉だった。〝業務〟あるいは〝作業〟は、視察対象組織へのあらゆる工作をさす公安の用語だが、布施の特命業務班の対象は、極左でも右翼でもなく、公安総務課内に設置されながら共産主義政党でさえない。〈特命業務班〉の対象は、公安警察官だった。

言わば、公安捜査員の職務上の非違を監視する、〝公安の中の公安〟なのだった。

それだけでも、明日香たち捜査員にとって薄気味悪いが、さらに不気味なのは、班長である布施警部補の指揮下には、ひとりの部下も存在しないことだ。

布施は班員の代わりに、公安部内各課に〝協力者〟を獲得、運営しているのだった。

警視庁本部庁舎で机を並べ、ともに作業に当たる同僚。あるいは電卓を叩いて事務仕事をする女性職員が〈特命業務班〉の〝協力者〟で、笑顔の下で自分に関する報告をしているのではないか……。その畏怖こそが、〈特命業務班〉の最大の武器だった。

警察庁警備局警備企画課の、職制上は存在しない〝ウラ理事官〟の率いる、全国都道府県警の協力者工作を統括管理する〈チヨダ〉。さらに、共産主義政党からのスパイ浸透を警戒する〈対マル班〉と並ぶ、公安警察の〝組織内組織(インナー)〟、……それが〈特命業務班〉だった。

通称は〈カスミ〉……、あるいは〈ミスト〉。

警察庁の所在地に由来する安直な呼び名だが、公安部員たちは口にする時、決まって辺りを憚(はばか)って声を殺しながら、吐き捨てる。明日香は後者の方が相応(ふさわ)しい、と思った。霞を正確に英訳するならhazeだが、mistには〝心をふさぐもの〟という意味もあるからだ。

だから明日香は、がらんとした本部庁舎十四階の会議室に呼び出され、布施と向かい合った際、その第一声に耳を疑った。

「どんな体位で何回、性交したのですか」

「――は？」明日香は、真顔で聞き返した。

「だから、どんな体位で何回性交したのか、と訊いているのですが」

明日香は布施の顔をまじまじと見詰めた。布施の盛り上がった肩に挟まれた顔には、好色さは微塵もなかった。けれど声と表情は事務的でも、その団栗眼には、隠しきれないもの欲しげさが確かにあった。——明日香はそこで思い至ったのだった。この男は、自らが公安の任務に耐えられない身体になったのを自覚して、それでも公安部員であり続けるために、汚れ仕事を引き受けざるを得なかったのだ、と。そして、その汚れ仕事を精々愉しむために、若く健康でありながら公安を追われる馬鹿な女を、嬲りたいのだと。

この変質者野郎……！　明日香は心の中で吐き捨てた。けれど同時に思った。

——この男はどうしようもないゲスだけど、私も、どうしようもなく馬鹿な女だ……。

そう思うと不意に、腹の底から笑いだしたい衝動が押しあがってきて、明日香は眼を閉じ、わずかにうつむいた。

——いまいる立場にしがみつくために泥をすすり続ける男と、身に覚えのないて。

　どっちも同じようなものだ。――そう脳裏で答えが出ると、明日香は細い鼻梁の先で笑った。怒りで青磁のようだった顔に、桜色の唇から白い歯をのぞかせて。

　自分の夢も将来も、……なにもかも失ってしまった実感が、明日香の胸に、いまさらのように湧いた。

　そしてその喪失の象徴こそ、目の前に座る、下卑た布施治人という男だった。

　その下卑た男が、抑揚なく続けた。「質問が、おかしいですか」

　おかしいのは、あんたの存在そのもの……。明日香は心の中で呟いた。そして、自分の内からすべての願いがどこかへ飛び去り、取り残されたのに似た空虚な心持ちのまま、顔を上げた。

　そして明日香は正面から〈特命業務班〉の運営者を見据えた。

「柳原……警部補？」

　布施は、団栗眼からいかがわしさを消し、椅子の上でわずかに身を引いた。

布施が気圧されるのも道理だった。

明日香は笑っていた。ただしそれは、自嘲あるいは苦み交じりの笑みではなかった。艶やかな色香と、白い冷酷さを含んだ微笑みだった。そしてそれは――。

まぎれもなく、女狐と呼ばれた女の笑いだったから。

「十回以上、正常位で」明日香は小首をかしげるようにして、布施に告げた。

布施は毒気を抜かれたように、ようやく答えた。「……なに？」

明日香は、布施の間抜け面を眺めて愉しみながら、冷ややかに続けた。

「私の好みですが、それがなにか？」


明日香は愛宕警察署庁舎の自動ドアから、変態と五十歩百歩の布施よりも、再び早く走り出していた。

黒白パトカーやワンボックスの事故処理車の停まっている、猫の額ほどの署の駐車場――、その向こうの道路沿いには、日本を代表する家電メーカーの東京支社をはじめとしたビルが建ち並び、空の下半分に食い込んでいる。さながら都市の乾いた谷底だった。

愛宕署は港区、駅地下の飲み屋街で知られる新橋にある。愛宕署庁舎は、警視庁分庁舎と消防署の三つの官公署が集められた一画を占めていた。

明日香はその敷地内を抜けると歩道を左側へ折れ、東側の道路へと走った。曲がった車道には、庁舎の区画沿いに歩道とコインパーキングが設けられ、白線で示された枠内に自動車が停められている。

そして、路上には大勢の制服警察官たちの行き交う姿があった。警察官の中には白いヘルメットを被った者もいて、ジュラルミン製の大盾を抱えて走ってゆく者もいた。

明日香は、背後からようやく追いついてくる布施の気配に振り返りもせず、目の前を通り過ぎようとした若い署員を捕まえた。

「公安部です」明日香は小声で告げて、尋ねた。「マルXはどこ?」

あそこです、と若い署員は強張った表情のまま、指をさして教えてくれる。

明日香が眼をやると、コインパーキングに停められた一台を、署員らが取り囲んでいるのが見えた。が、縦列駐車で他の車の陰になっているのと、警察官らの人垣に遮られて、道路の端にいる明日香には、車種までは見て取れなかった。

明日香は歩道を早足で近づき、魅入られたように取り囲んだまま動かない制服警官たちを掻き分けて進んだ。すると、愛宕署庁舎の壁面を通り過ぎ、となりの分庁舎に面したパーキングエリアに黒い国産高級車が停められており、包囲の輪のなかで、数人が身を屈めておっかなびっくりで車内を覗き込んでいた。

「失礼」明日香は小声で告げ、屈み込んでいた署員の肩を叩いた。驚いたように振り返った署員の、活動帽の下の非難するような表情はすぐに驚きにかわり、即座に場を譲った。公安の腕章に加え、明日香の場違いな美しさのせいだった。

「どこにあるの？」

「あそこです……！」場所を譲った活動帽を被った警察官が押し殺した声で答えた。「こ、後部座席に……！」

「そう。どうも」明日香も同じように腰を屈めて国産高級車のサイドウィンドーに顔を寄せ、白手袋をはめた手をかざして反射を押さえ、助手席側から車内を覗き込んだ。

　あった。――なるほど、革張りの塵一つない後部座席に、古いスポーツバッグがある。拾ってきたのかと思わせるほど布地がくたびれ、およそ高級車内にあって似つかわしい品ではない。さらに、ファスナーがだらしなく開いていて、隙間から中がわずかに窺えた。垣間見えたのは……、のびて正体をなくしたパスタのような、リード線。

　そして、絡まったリード線の奥で、怨念を宿す眼のように明滅する赤いランプ。

「ど、どうですか？　あれは、やっぱ――」

「……どうもそうらしいわ」明日香は車内に眼を向けたまま活動帽の警察官に答えて、背を伸ばした。

　その途端、周りにいた制服警官たちの人垣が、雪崩を打ったように崩れ、わっと広がった。

　ひとり高級車の傍らにとり残され、驚愕で眼を見張った警察官たちに取り囲まれながらも、明日香は両手を腰に当てて、平然と口を開く。

「この車両の運転者は？」

「付近と庁舎内に広報しましたが……、まだ……」

「この車両の使用者、それとC号の照会をお願い。盗難車の可能性があるわ」

　明日香は急ぐでもなく、黒い高級車から離れながら指示した。

「それから、ここを中心に五百メートル圏に規制線を設定！　新聞記者（ペン）とテレビ関係者（カメ）を近づけさせないで。庁舎内及び付近住民の避難が最優先。——それから、この車両には不用意に触れないこと」

　指示を受けて署員たちが慌ただしく散っていった。署員の吹く、通行を規制する警笛がビルの谷間に響き始める。

　明日香は、周囲がにわかに騒然とするなか、襟元につけた秘匿無線機のマイクに囁いた。

「こちらヤナ、実査したところ爆発物（マルY）の可能性あり。所轄署員（PS）にあっては規制線設定を要請」

突発公安指揮官車から冴子の、了解、という木で鼻をくったような応答を聞きながら、明日香は息を吐き、ふと背後の、愛宕署庁舎に隣接するビルを振り仰いだ。

十階建ての愛宕署より二階分高いそのビルは、警視庁新橋庁舎といった。

一般的には、都内の交差点に設置された信号機を運用管理する交通管制センターがあるので知られ、情報管理課やハイテク犯罪対策部署も所在する。いずれもコンピューター関連の所属だが、刑事部の第一機動捜査隊も本部を置く。

過去には、九〇年代のカルト教団への捜査では刑事部の中枢拠点となったけれど、――明日香たち〝公安（ハム）〟と〝刑事（ジ）〟との、長い、凍（い）てつく確執の原点になった舞台でもある。

七〇年代、極左組織によって大企業本社を標的とした連続テロ事件が発生した。公安部は刑事部とともに合同捜査に当たりながら、……新橋庁舎に建て替えられる前の、当時はまだ戦前からの石造りだった交通反則通告センターに、いわば〝裏の捜査本部〟を設置した。そして、刑事部には一切秘匿して被疑者グループを割り出し、逮捕したのだ。

刑事部は当然、自分たちを欺き抜いた公安部に激怒し、憎悪した。……これが刑事部の捜査員から捜査員へと継承されて、いまに至る相互不信の核となった。

秘匿性を全く考慮しない、いわば力任せの捜査手法しか能のない刑事部連中の怨嗟はともかく……と明日香は思った。ここには自分たち公安一課も、極左全般の〝協力者〟を獲得する特命作業分室――〈C班〉を置いている。公安総務課の特命業務班同様、警察庁警備局警備企画課の〈チヨダ〉が直接指導する、完全秘匿部隊だ。

それにしても――なぜ、ここなのかしら……？

警備が厳重なことくらい、犯人にも解りそうなものだけど……。

「見つかったか、どこだ！」

大声と、ががらという車輪の音で、明日香は見上げていた顔を戻した。子どもの背丈ほどもある、台形の資機材が歩道を押されてやってくる。その側では、制服姿の年長の警察官が、血相変えて叫んでいる。愛宕署の警備課長だろう。路上で大盾に隠れた署員が、こっちです！　と叫び返す。するとその鋼鉄製の重々しい資機材――防爆盾、通称〝前進箱〟は、明日香に近づいてくる。と、前進箱の陰から、ひょいと男が姿を見せた。

「いい度胸じゃないか」布施が、前進箱の後ろから言った。

明日香は前進箱に近づきながら、ふっと鼻先で笑った。「そっちは、君子危うきに近寄らず、ってところ？」

「どうとでも言え」布施は無味乾燥に答え、続けた。「――で？　間違いないのか」

「ええ、あからさまにね。でも……」明日香は、前進箱の後ろからでようとしない布施に近づき向かい合ってから、黒い国産高級車を振り返った。

「……なぜ、ここに――」

その瞬間、轟音が、地面と空気を震わせた。

振り返った途端に、明日香の眼に映ったのは閃光と――、蹴飛ばされた犬のように、後部から路上を飛び上がった国産高級車の、黒い車体だった。

爆発の衝撃波は同時に、新橋庁舎壁面にも殺到し、二階まで覆った大きなガラスを粉々にした。ガラスは無数の破片になって一斉に、切って落とされた幕のように地面に吸い込まれてゆく。

その光景を明日香の眼には不思議と、緩慢なスローモーションのように映った。けれど、飛び上がった車体のフロント部が前に停められた軽自動車に激突し、ガラスが砕け、金属がぶつかりひしゃげる音だけは鋭く、悲鳴のように鼓膜を刺す。

が、明日香が眼にしたのは、そこまでだった。それは、目の前にいた布施に抱きつかれ、歩道に押し倒されたからだった。

その直後に、さらに燃料に引火した、ボン！　という爆発音があがった。

……明日香が目蓋を上げると、見下ろしてくる左右のビルの間に青い空と、――たなびく黒煙が見えた。物音は、周りから小さな破片の降り注ぐ、かつん……かつん……、という音以外、不思議となにも聞こえなかった。そして、胸の悪くなる物の焦げる臭気。

明日香は自分が、歩道に仰向けになっているのが解った。打ちつけたのか後頭部がずきずきと痛み、埃まみれの顔をしかめてそこに手をやろうとした。そのときふと、胸の谷間に猥褻な湿っぽさを感じて、頭をもたげた。

ワイシャツの胸に、覆い被さって顔を伏せた布施の、頭頂部があった。明日香はそれを見た瞬間、助けてもらった感謝の念、あるいは忌み嫌う人物の意外な面への驚きよりも、激しい嫌悪感で整った顔をこれ以上にないくらい歪める。

「……どいてくれない？」明日香は声も顔も無表情にしてから告げた。

「――無事だったか」布施は亀のように顔をもたげて言った。

「どさくさまぎれのセクハラ以外は」明日香は頭を浮かせて素っ気なく答えた。

「お願いだからはやくはなれて。いますぐ……！」

明日香は身を起こすと、先に立った布施の差し出した手を借りず、立ち上がった。

路上で、かつては国産高級車だったものが、波打つボンネットを跳ね上げて、盛大な黒煙を噴き上げている。――ガラス全てを吹き飛ばされ、車体も焼けただれ、前照灯などが消えたフロントはまるで頭蓋骨の虚ろな眼窩だった。

かつてどんなに価値があったにせよ、それはもう、スクラップ、としか言いようのない代物だった。

そのスクラップを中心に細かい破片が飛び散り、いくつかは細い煙を上げていた。

新橋庁舎の一、二階部分の大きな窓ガラスはものの見事になくなり、吹き抜け部分が剝きだしになっている。

明日香はそれを険しい眼で見詰めてから、背中の下敷きになったせいで、使い古した絵筆の先かささらのようになった長い髪を振り乱し、周囲に呼びかけた。

「みんな無事？　負傷者は！」

明日香の声に応え、車や大盾、電柱の陰に隠れていた、あるいは咄嗟に路上へ身を投げ出した警察官らは、のろのろと顔を上げたり、制帽を拾いながら立ち上がった。

良かった……、受傷者はいない。

爆発物を事前に発見できたこと。それと、爆発物と燃料の爆発に、わずかの時間差があったのが幸いしたようだ。

例外なく呆然とし、埃にまみれた制服警官らの顔を見回していた明日香の耳に、ビルにこだまする、サイレンの吹鳴が聞こえてきた。

最初に聞こえたのは、愛宕署と隣接した消防署からやってくる消防車のものだ。けれどそれより遠くからも、消防のそれとは違う、けたたましく力強いサイレンの音が、幾重にも重なって駆けつけてくるのが聞こえる――。

「これより現場保存を徹底！」明日香は、雄叫びのように高まり近づいて来るサイレンに負けぬよう、腰に手を当てて凛として告げる。「すぐに公捜隊が臨場する、破片の一つも動かさないで！」

「おい、消防のお出ましだ」布施が背後から言った。

明日香が振り返ると、曲がり角を、警光灯の赤い燦めきとともに消防ポンプ車が曲がってくるのが見えた。

それを皮切りに、黒白パトカーや覆面捜査車両も続々と流れ込むように殺到してくる。

車両火災鎮圧までは消防の領分だ。原因がゲリラ事案ということで、多少の配慮はしてくれるだろうが、明日香たちにとって最高の証拠品が損なわれないことを、焦りながらも祈るしかない。

明日香はそう思いながら、停車した消防車に防火衣姿の消防官たちが素早くホースを連結して準備を進めるのを横目に、周囲を騒音の乱反射が満たすなか、報告のためにその場を離れた。

それから、愛宕署の敷地へと足を踏み入れるとき、ふと足を止めて、振り向いた。

鬱陶(うっとう)しくも後をついてくる布施の背後に、現場が見渡せた。

路上を埋めた警察車両の警光灯が、まるで赤い波頭だった。

爆破された車両本体は、縦列駐車のため、前に停められた車両と大きな消防車に遮られて目にするのは無理だった。

しかし、真っ黒く太い煙は、路上からビルが狭めたコバルトブルーの空へと、鮮やかな対照をみせて噴き上がり続けている。

何かの啓示のように、くっきりと――。

いよいよ始まったのね……。明日香は悟り、心の中で呟いた。

私を生け贄の羊にすることで封印された事実を、明らかにするときが。

――すべては、ここからよ……。

明日香は突発公安指揮官車へと再び足を急がせながら、微笑んだ。

女狐の笑いで。

けれどいまはともかく……、と明日香は思った。

消防の鎮圧を待っての採証活動と、採取した証拠品の分析。庁舎に設置された監視カメラ映像の回収、爆破された車両の捜査、目撃者の確保……と、やるべき事は山ほどあった。

結局、帰宅は深夜になった。

明日香は帰路、習慣になっている〝尾行点検〟を繰り返して〝消毒〟してから、練馬区にある、二ＬＤＫの自宅マンションのドアを開けた。

玄関に入ると、すぐに鍵とチェーンロックを、これも習慣でかけた。

靴を脱いで灯りを点し、スリッパに履き替えながら、ふと苦笑が漏れる。

——もっとも、鍵もチェーンも防犯はともかく、プライバシーを守るには全く役に立たないけれどね……。

そのまま、リビングまで重くなった足を運び、ポケットから取り出した携帯電話をテーブルの上に置くと、明日香は一人掛けのソファに座り込んだ。

背もたれに深く寄りかかって頭をのせ、無防備な表情で天井を見上げると、自然に息が漏れた。

疲れた……、と書き留めるように思った。

昼間は、証拠品である爆発物の残骸を求めて、公安機捜の鑑識班とともに、実況見分に当たった。焼け焦げた車両を煤にまみれながら調べ、路上を這い回って破片を採取した。おかげで、仕事着からは燃えたガソリンと化学物質の異臭が鼻をつき、長時間に及んだ屈み込む作業で、腰が古くなったゴムのように硬くなっている。

そんな一日の終わり、ようやくやってきた我が家での休息……。けれど明日香は、心からくつろぐ事はできなかった。

明日香の自宅は、同僚である公安一課の監視下に置かれている。

おそらく秘聴器も設置されてる……。明日香は半ばそう確信していたけれど、探し出して除去する気は失せていた。そうしたとしても、留守中に新しく付け替えられるだけだから。

それに……、と明日香は天井をぼんやり視線で撫でながら思った。——もう慣れてしまった。最近ではむしろ、いかがわしいビデオでも再生して、秘聴している連中をからかってやろうかと思うことがあるくらいだ。

明日香は馬鹿馬鹿しい、と一人苦笑し、お風呂の用意をしなきゃ、とソファから立ち上がりながら、これも習慣で、テーブルに手を伸ばして携帯電話を取りあげていた。

携帯電話は公安捜査員にとっても重要な連絡手段であり、一日の終わりに充電だけはしておく必要があったからだが、――明日香はふと、指先に感じる、外気にさらされて人肌の温もりを失った筐体の冷たさに、連絡しなければならない相手のことを思い出す。

どうしよう……？　明日香は壁の時計を見上げる。もう遅い時間だ。

それに、すぐにでも身体にまとわりつくこの異臭を、シャワーで洗い流したかった。バスタブの中で手足を伸ばし、お湯のなかで三十路のオフィーリアになりたいと、切実に思った。

が、迷ったのは数瞬だった。義務感と、なにより相手を思いやる気持ちには勝てず、立ったまま携帯電話のボタンを押し、耳に当てた。

「こんばんは、夜分にごめんなさい」明日香は待つ間もなく相手がでると、言った。

「……柳原さん？　明日香さんですよね！」女の弾んだ声が聞こえた。「嬉しいです！」

「私も、久しぶりに歩美ちゃんの声が聞けて嬉しい」明日香は優しく言った。

「連絡遅れちゃってごめんね」

女の名は奥野歩美といった。明日香自身が〝獲得〟し〝運営〟していた協力者の一人だった。二十六歳で四歳の女の子を女手一つで育てている、夜の街で働く女性だった。

公安部が歩美を必要とした理由――、それはいわゆる〝ハニートラップ〟、あるいは公安が〝男女関係を軸にした工作〟と呼ぶ、露骨にいえば、色仕掛けで対象者を籠絡(ろうらく)あるいは弱みを握る作業の、要員としてだった。

明日香は、歩美の身辺を過去に遡(さかのぼ)って徹底的に調べ上げる〝基調〟、いわゆる基礎調査で適格性ありと判断した。歩美の穏和で人好きする受動的な性格は、対象者と接触させるにはもちろん、運営上も最適だった。もっとも、それは逆の見方をすれば、性格的に流されやすいということでもあり、保秘の観点からは問題があったが、それは運営者である明日香の指導の腕次第といえた。情報を得るだけでなく、日常生活への助言も、運営者の大切な仕事だ。

協力者が身を持ち崩して、視察対象組織から疑われてはならないからだ。同じ理由から、〝一協力者には一運営者〟、という鉄則もある。

　それは例えば、組織内の情報を握る人間には、複数の機関が目をつける事態が往々にして発生するが、公安一課が運営している協力者には何人（なんびと）も、他の都道府県警の公安も手を出してはならないのだ。

　これは、協力者が複数の情報提供先をもつ非効率性のみならず、運営費から〝謝礼金〟を二重に受け取ることにより、「情報は金になる」とばかりに協力者が暴走する〝作業事故〟や、精神的な堕落が起こりうるからだ。さらに、すでに協力者になっている者が別の所属から接触を受けることで、「警察は一枚岩なのか？　緊急時に、本当に自分を守ってくれるのか？」という不安に苛（さいな）まれる。以上の危険を回避するために、全国の協力者を協力者簿冊に登録して統括管理するのが、警視庁と警察庁に挟まれた警察総合庁舎にある〈チヨダ〉なのだ。

　明日香はその〈チヨダ〉から承認されると、早速、歩美の獲得作業に取りかかった。

〝作業構造〟を設定し、偶然を装っての接触の後、〝面接〟と呼ばれる対話を重ねて歩美の人となりをさらに深く把握した。さらに〝恩恵〟とも〝世話焼き〟とも呼ばれる作業、その初期段階で、待機児童だった四歳の娘を、保育園を紹介して入園させてやりもした。

それらはもちろん職務の為だったけれど、明日香には別に、夜の街で生きてゆくには善良すぎ、さらに娘がまっとうに育つことだけを望む歩美を助けたいという気持ちもあった。その熱意が伝わったのか、作業は順調に進んだ。自分が警察官だと身分を明かしても、歩美は明日香に会うのを拒まなかった。頃はよし、と明日香は踏んで、作業において最大の障壁に取りかかった。

歩美の、内縁の夫だ。――博打狂いで働きもせず、酔っては歩美や娘に暴力を振るう、ろくでもない男だった。

明日香は歩美に、男と別れる気があるのかをそれとなく質した。歩美は、困ったような諦めたような笑みを浮かべて、こう繰り返すだけだった。

「だって……、あんなひとでもあたしには……いてもらわないと困るもの……」

歩美は男に依存しているだけだ、いなくなれば必ずこちらに落ちる……。明日香は公安捜査員としてはそう考え、同じ女としては、下劣な男から歩美とその娘を守りたいと思った。

そこで、〝基調〟で男が大麻にも手を出しているのをつかんでいた明日香は、それを梃子(てこ)に、〝条件作為〟あるいは〝事件の作為〟と呼ばれる手法で、男を排除することにした。

簡単な工作だった。まず男が歩美と娘と住んでいるアパートの部屋から、男の隠している大麻をこっそり持ち出し、男の車に隠す。その上で、男だけが乗った車を、アパートから離れた路上で所轄の警察官に職務質問させて停めさせ、大麻不法所持で逮捕させたのだ。

男が逮捕された以上、アパートも捜索され歩美も所轄に任意同行された。が、歩美から連絡を受けるかたちで駆けつけた明日香は、薬物使用の鑑定のために歩美へ毛髪の任意提出を迫る所轄署員らに対し、高圧的に要求を一蹴して歩美をかばい抜く態度に終始した。

もちろんすべて、明日香が事前に計画して、所轄に根回しした結果だった。

けれど――、計画にはない、明日香には予想できなかったことがひとつ、あった。

歩美の反応だった。

その夜遅く、所轄署から明日香に伴われてアパートへ帰宅した歩美は、娘を寝かしつけると、緊張と不安から解放されたせいか激しく動揺し、泣きじゃくった。

「あんな……、あんなひとでも……あたしには……」

「歩美ちゃん。気持ちは……解るの。辛いね、何年も一緒に暮らしてたんだもの、心細いよね。でも――」

明日香は、日焼けした畳に座り込んだ歩美を、自分も腰を下ろして正面から見詰めた。

「――これからは私が、歩美ちゃんのお母さんやお姉さんになって、守ってあげる」

所轄署での、明日香の署員への高圧的な態度は、このためだった。自らの持つささやかな権力を印象づけて、説得するための。もっとも、半分は本心からだった。

「私は、あなたのもう一人の娘か妹になったのと同じくらい、歩美ちゃんを大切に思うから」

明日香の言葉に、歩美はようやく泣くのをやめた。涙にまみれ、くしゃくしゃだった顔に表情が戻ると、普段の、可愛らしさのある顔立ちに近づいた。

「……明日香さん、上着を脱いで」歩美は、しゃっくりのような嗚咽をくりかえし、鼻をぐすぐず言わせながら、唐突に口を開いた。

……？　明日香は怪訝（けげん）な顔をしながら、言うとおりにし、畳の上に脱いだジャケットを置いた。

「バンザイ、して」歩美は囁くようにして、さらに続けた。

明日香はいよいよ訳が分からなかったが、それでも両手をまっすぐ頭上に伸ばした。

歩美はその途端、座ったまま身を乗り出してきて、明日香のシャツの裾をつかみ、一気に引き上げていた。

明日香は一瞬、なにをされたのか解らなかった。……ただ、露わになった半身の白い肌をすうっと撫でた空気の冷たさと、襟が後ろ頭を通り過ぎたあとに、伸ばした髪が背中にこぼれ落ちた感触だけは——、停止した思考の代わりに、ある種の鮮やかさをもって、明日香の頭の芯へ飛び込んできた。

抱きついてきた歩美に唇を重ねられ、自分のつけているもの以外のルージュの味を舌先に感じる、初めてのキスを経験しながら、——明日香は、基調では歩美にこういう性的嗜好はなかったはずなんだけど……、とぼんやり考えていた。

それからは不思議な体験だった。男とならば硬い身体に抱きすくめられるのに、いま抱き合っている身体は、とらえどころがないほど柔らかく、しなやかだった。交わり……というより、互いに溶けあっているような。

歩美は、明日香と同じくらいの背丈があった。それが相手に落ち着きを感じさせる点も明日香が対象者に選んだ理由だったが、こうして着ていたもの全てを脱ぎ散らかした畳の上で絡み合っていると、明日香は、自分の心の奥底に秘められていた淫靡な願望が実体化した、もう一人の自分と愛撫し合っているような倒錯した感覚に、頭がくらくらした。

そんな明日香の錯覚を、向かい合って同じように全裸で横たわる歩美の笑みが後押しする。くっきりした目鼻立ちの明日香には似ていなかったが、髪を上げると瓜実形で、おとがいのすんなり伸びた線は、歩美も同じだった。……加えて、髪型はそっくりだった。初めてそれを眼にしたときには明日香は少し驚いて、どうしちゃったの？ と尋ねると、「明日香さん、綺麗だから……あたしも真似してみようかな、って」と照れたように言い、えへへ、とあどけない感じで笑ったものだ。

そして、いま明日香の首筋を吸ってから身を起こし、笑いかけた歩美の表情は、同じように無邪気だった。

でもまあ、あれは……、と明日香は思った。――昂ぶった感情に抑えが効かなくなっただけだ。

事実、歩美は二度とそういった関係を求めることなく、運営者である明日香の指示に忠実に従って勤める店を次々と変え、協力者獲得作業に、文字通り身体を張って貢献してくれた。明日香もまた歩美の働きに、できうる限りの援助の手で応えた。

それが、運営者である明日香の誇りでもあった。だが、それも――。

明日香は、リビングで立ったまま小さく息をつき、携帯電話に続けた。

「――で、歩美ちゃん、どうしたの？　電話してほしいって伝言をきいたんだけど」

「あの……、明日香さん」歩美は口ごもった。「あたし……、いまの担当の人と、……その……、うまくいかなくて」

担当の人とは、私から引き継いだ〝運営者〟のことか……。

「……そうなの」明日香はぽつりと答えた。

「あたし、言われたとおり一生懸命やってます……！」歩美は湿った声で訴えるように言った。「でも……でも、いまの担当の人、会うたびに、あたしを見下すような目で見るんです……。それに、何かって言うと、〝前の運営者からどんな指導うけてたのよ〃って、明日香さんのことまで馬鹿にするようなこと……」

「そうなの、……ごめんね。私のせいで……」

明日香は言いながら、眼を閉じた。そして心の中で続けた。……ごめんなさい、私にはもう、あなたになにもしてあげられない……。

鼻を鳴らしながら続ける歩美の声を聞きながら、明日香は思い出していた。自分自身もまた、こうやって深夜の電話で、泣きながら相手に縋り付こうとしたことを。

その電話の相手は、公安二課の男だった。

「私、私ね……」明日香は電話機の子機を握りしめて、叫んだのだった。

「あなたが家庭を持ってることも知ってる……、私とのことが工作だったっていうことも知ってる……！──」

公二の男について明日香に告げたのは布施だった。まるで奈落に突き落とすのを愉しむような無表情さで。

「──だから……、奥さんと子どもを捨ててなんて言わない……！　なにもかも捨てて私と一緒になって欲しいなんて言わない……！――だけどそのかわり、……あなたの口から、これだけは聞いておきたい……！　私のことを――」

本当に愛していた、と。……明日香がそう続けようとした涙交じりの声を、男は言葉の楔で断ち切った。

「――柳原、さん」

明日香は泣くのさえ忘れて、呆然とした。これまでずっと、二人きりの時は明日香、としか呼ばなかったのに――。

「僕にとっては、……任務だった」男は言った。

「任務」明日香は書き留めるように呟いた。「……そういうこと」

「君は、公安には向かない」男はそう言った。「心のどこかで、人を信じすぎてる」

通話の切れる音がして、明日香は、嘲るように正確な間隔の電子音を、受話器から聞き続けた。

結局、私は全てを失ったんだ……。

そしていま、立場を変えて、歩美の泣き出しそうな声の訴えを、こうして携帯電話から耳にしている。

「明日香さん、会いたいです……。あたしを元気づけて欲しいんです……。あたし、寂しくて……」

ここにいたってようやく、明日香はなぜ、指先に感じた携帯電話の冷たさに触発されて、歩美に連絡をとったのかを理解した。公二の男との酷寒に近い最後の別れを反芻（はんすう）した理由も。

歩美とのこと、あれは公二の男とのような、快楽を貪欲に貪（むさぼ）り合う性の交わりではなかったからだ、と。

あれは――、あれは、人が人の温もりを求める行為だったのだ。

あの時、歩美が求めた温かさを、今度は私が、自分の内へ無意識に呼び覚ましたくて――。

「明日香さん……、お願いします……、お願いします……」

切々と続く歩美の声が耳朶に流れ込むのにまかせながら、明日香は唇をわずかに開いたあてどもない表情で立ち尽くした。

瞬きするたびに増えてゆく、睫毛の滴（しずく）を数えながら、明日香は声も漏らさず表情も変えることなく、——泣いた。

第二章　追及捜査

爆破事件の翌日、愛宕警察署に捜査本部が設置された。

幸いにして死傷者のでなかったことから、刑事部ではなく公安部がゲリラ事案として捜査指揮をとる。

明日香は、捜査本部の設けられた会議室の窓際、長机の端でパイプ椅子に座っていた。

寝不足かな……。明日香は表情こそいつもどおりだったが、昨夜は感情が溢れたせいで寝付けなかった。さらに、そのせいで赤くなった眼を、〝カカシ〟の幸田に見つかってしまい、あら探しの好きな〝瀬戸物のタヌキ〟と〝腰巾着〟を加えた三人組に、朝から格好の話題まで提供してしまった。

やれやれ……、と思う。――通諜者（モグラ）は絶対に赦さない、ってことね。

鬱陶しさから逃れるように、明日香はふと目をそらして、窓から外を見た。

――周りのビルが巨大な衝立（ついたて）となって、空は見えなかったけれど、まだ生々しい焦げ痕（あと）や残骸がそのままの、採証作業が続く現場が見下ろせた。

舗装道路で這うように調べる活動服姿の刑事部鑑識係に加え、同じような服装の科学捜査研究所技官も歩き回っている。

明日香が室内へと眼を戻すと、本間課長の訓辞は続いていた。

「――これは公共の安全を脅かす卑劣な犯行であると同時に、警察への挑戦でもある」

本間は、会議室の上座で一段高い、通称〝ひな壇〟に置かれた幹部席の長机の後ろに立っていた。両側には、牛島参事官と一課理事官、管理官ら幹部が顔をそろえている。

公安一課を中心とした捜査員らは、幹部席前にいくつも並べられた長机についていた。

明日香は最後列の端に着いていたせいで、訓示する本間の腰から上の姿だけが、捜査員らの後頭部とスーツの背中の列の重なりの向こうに、浮かんで見えた。

「よって、各班は要警戒対象組織及びその施設を二十四時間体制視察のもとにおき、構成員の特異動向を徹底的に把握してほしい。動向に容疑性ありと判断した場合は、速やかに〝追及〟作業に移行し、失尾を許すことなく〝没先〟を確認し、臨時拠点設定のうえ秘匿視察に当たられたい」

要するに、監視対象をまかれないよう追尾して〝行動確認〟し、行き先を突き止めたら腰を据えてじっくり見張れ……ということだ、と明日香は思った。公安における基本の捜査手法のことだった。

「また、協力者への情報収集も、重点的に行ってもらいたい。ただし、接触の際は、防衛面に充分留意すること」

協力者からの情報収集――、これも追及作業と同じく基本だ。

――証拠物の解析は……？

現場で採取した証拠物の構造及び使用法を分析した結果から、対象組織を絞り込み、追及作業で逮捕にこぎ着ける。
「なお、当事案に用いられた爆発物に関してだが――」本間は明日香の疑問に答えるように続けた。「詳細については、公機捜と科捜研が鑑定中だ。だが現時点では、極左の汎用する、時限式塩化ビニール管爆弾を改良した物の可能性が高い、ということだ」

設置でも発射でも使用できる、強力な型式の爆弾だった。明日香は現場にいた一員として、目の当たりにした破壊力に納得するのと同時に、胸元に布施の生温かい息の嫌らしい感覚が戻ってきて、内心で顔をしかめかけ――、ふと気づいた。

明日香の胸中に、布施への嫌悪を押しのけて湧き起こったのは、ある違和感と一つの疑問だった。

違和感は、なぜ、爆発物は時間差をおいて二度、爆発したんだろう？　という事だった。

一挙に爆発させれば、当然、威力が増すのは犯人にも解っていた筈にもかかわらず。そうしなかったからこそ、周りにいた警察官たちは――。起爆装置の不具合だろうか……？

そしてもう一つの疑問。……塩化ビニール管爆弾、といえば、半年前のアパート全壊事件の犯人、加島三四彦が暗い情熱を注いできた型式ではなかったか。その改良型、ということは――。

……なるほど、と明日香はひとり得心して、唇を桜色にちいさく輝かせて、微笑んだ。

「――現場周辺の目撃者の聴取及び動態調査は愛宕署警備課を中心に実施。付近の防犯ビデオの回収と分析、及びNシステムの捜査は、本部付班が行う。何か質問は？」

締めくくった本間に、居並ぶ捜査員は、誰も発言しなかった。……公安部員の集会は、ほぼ静寂とともにあるといえた。〝知らされないことは、知らなくてもよいこと〟、そう骨身に叩き込まれているからこその、服従の沈黙だ。

明日香にしても、例えば、自分たちが先行配備される理由となった、清竹公安部長宛の犯行予告の文面の具体的な内容について、自分自身も含めて誰も質問しないのは不思議と言うしかない、と思う。我ながら公安捜査員というのは、奇妙な生き物だ。

不思議の国のアスカ、か……。明日香は、くすっと胸の中で笑った。

「言うまでもないんだがな」牛島参事官が座ったまま口を開いた。「各班からの本部への報告、逆に本部から各班への示達と連絡は、これまでどおり各班班長を通してのみ行うこと。保秘の厳守、いいな？　俺からは以上だ、よろしく頼むわ」

なにか自分への当てつけのように感じながら、明日香は牛島の注意を聞いた。

「以上、各班は割り振りに従って作業に入れ、散会！」

捜査員らは全員、本間課長の一声で、一斉に椅子を鳴らして立ち上がった。

一時間後、明日香は警視庁本部庁舎の、桜田通り通用門前でタクシーを降りた。

公安総務課に用事があった。――明日香は、愛宕署捜査本部から散っていった作業班ではなく、本部付班、いわゆる〝庶務担〟に割り振られていた。

庶務担は、庁舎のものはもちろん、付近に商店や駐車場、犯人の逃走したと想定される経路上に設置された、全ての防犯ビデオ映像の分析を担当する。そのため、各作業班が出払って閑散とした会議室には、テレビモニターと再生機が十数セット据えられ、ビデオテープやCD－ROMなどの各種録画媒体が積み上げられた。

本部になった会議室はそれなりの広さがあったものの、運び込まれた資機材で手狭になった。が、他の班から苦情があがるでもない。

なぜなら、秘匿視察に入った各作業班は、対象組織の要警戒対象者――〝マル要〟に特異動向があればそれを追尾し、没先ごとに次々と視察のための臨時拠点を増やし、そこで捜査員は視察に入るからだ。それを纏める各作業班は、〝分室〟と呼ばれる指揮拠点だ。直近の警察施設に設けるのが望ましいが、なければ民間の賃貸物件を〝拠点主〟、つまり家主には目的を告げずに借り上げ、班の指揮者はそこから班員に指示を飛ばす。

　だから、入り口に、公安部の慣例で日付入りの「一〇・三〇愛宕署庁舎爆破事件」と〝戒名〟を大きく張り出した捜本といっても、捜査員たちが全員参集する機会は少ない。

　明日香たち庶務担は映像分析も含めた後方支援全般に加え、そういった捜査活動費の管理も仕事ではある。けれど明日香がひとり、本部庁舎に赴いたのは、爆破に使用された車両の記録を当たるためだった。

　自動車ナンバー自動読み取り装置、いわゆる〝Nシステム〟での照会だった。

　これは、犯罪捜査を目的としたシステムで、道路を跨ぐ鉄骨の支柱の上に設置され、通過した車両の前部ナンバーと進行方向を、通過時間とともに記録する。蓄積された記録を遡っての検索も可能だ。このNシステムと同じ機能を持つものに、国土交通省の旅行時間計測提供システム、通称〝Tシステム〟がある。本来、Tシステムは道路状況の把握のための設備だが、二つのシステムは事実上のリンク状態にある。

明日香はその、公安部はもとより、犯罪捜査に必要不可欠になりつつあるシステムの記録を照会するべく、通用門を抜けると、警視庁本部庁舎をエレベーターで十四階へ昇った。

エレベーターを降りると他の階の喧噪が嘘のような、染みついたような静けさの廊下を行き、Nシステムの照会端末機を管理する、公安総務課の部屋に入った。

公安部の大部屋はどこもそうだが、総務課もまた、立ち並ぶ灰色のロッカーで迷路と化している。自分たちの生息する複雑怪奇な世界の象徴か、全容を明かすことを潔しとしない頑迷さのあらわれか。いずれにせよ明日香は、この光景を見たら極左の連中は東京大震災を指折り数えて待ちわびるに違いない、と思う。地震が来れば、倒れてきたロッカーの下敷きになって、本部にいた捜査員は無事では済まないだろうから。

「Nの検索依頼をお願いできます？」

明日香は、ロッカーに囲まれたなかに机を並べる、総務課庶務担当の第一係のところまで行き着くと、カウンター状によそ者を隔てる低いロッカー越しに、声をかけた。

「ああ、はい」

事務を執っていた係員たちが、無言でノートパソコンのモニターを倒して閉じるなか、まだ若い男が机を立ち書類を手にやって来た。

「これに記入をお願いします」

「ありがとう」

明日香は迅速な若い男に笑顔をサービスしてから、検索依頼書に所属と必要事由、そして警察職員としての認識番号、通称〝Pナンバー〟を書き込む。最後に印鑑を取り出し、はあっ……、と息を吹きかけ――、目の前の男に目を止めた。

「なにか？」

「あ……いえ」ぼんやり明日香に見とれていた男は、慌てて書類を手に取り、あらためる振りをした。

明日香はそれから三十分後、N照会端末のプリンターから吐き出された、爆破された盗難車両の走行記録の紙束の入った大判封筒を抱えて、公安総務課から退出した。

あの親切な若い庶務担当の男が将来、ハニートラップに引っ掛からないように祈りながら、さて、と明日香は思った。

——本館に戻ったついでに、もうひとつ用事を済ませちゃおうか……。

封筒を抱えて向かったのは、公安四課だった。

再び乗ったエレベーターで上の十五階にあがると、足音をさせるだけでも罪悪感を抱かせる廊下と、ロッカーの迷路と化した大部屋こそ同じだった。けれど、総務課の若い男ほど、資料の保管を担当する四課の一係は親切ではなかった。

「この案件に関する一件書類は、お見せできません」

明日香は、半年前のアパート爆発事件で加島三四彦を逮捕した際の、公安二課の報告書を請求したのだった。

「捜査上、必要なんですけど?」明日香は笑顔のまま、巡査部長の浅黒い顔を見据えた。

「なら、本部の管理官の名前で請求があるでしょう」巡査部長は、厳つい顔をさらに強張らせた。「その時はお渡しします。しかるべき手順を踏んでいただきたい」

「そうね、あなたの言うとおり」明日香はゆるく小首をかしげる。「では、時間はかかるけど、しかるべき手順を踏むことにします。――ごめんなさい」

明日香は、総務課の男への三分の一以下に留めた笑みを向けてから、背を向けた。

そうして、四課の迷路を抜けて廊下に出た途端、懐の携帯電話が鳴った。取り出して液晶画面に表示された電話番号を見て、ふっと笑みを漏らした。――さっそくとは。

餌に食いついてきたわね、と明日香は思った。

明日香は携帯電話で出頭を命じられ、十四階の公安一課長室へと向かった。

課長室の手前には、課長公用車の運転担当兼秘書役の若い部員の座る、小さな受付がある。

「柳原警部補です」明日香は若い部員に告げた。「お呼びとのことなので」

まだ二十代の部員は、卓上の内線電話をとって課長室に知らせてから、お待ち下さい、と事務的に告げた。

明日香は立ったまま待たされ、眼の前の若い部員、多田野の謹厳実直な表情に苦笑を漏らしそうになる頃、卓上電話が鳴った。立ち上がって課長室のドアを開けた多田野に促され、明日香は課長室に入った。

「失礼します」明日香は背後でドアの閉じる音を聞きながら、頭を下げた。「参りました」

明日香が顔を上げると、課長席の本間課長と、応接セットのソファに座った牛島参事官がいた。

「御用件を――」

「解ってるだろう」本間は、明日香の言葉を遮って言った。「どういうつもりだ?」

「それは、四課への資料請求をおっしゃってるのでしょうか」
「そうだ！」本間はぴしゃりと言った。「なぜそんな必要がある！」
「現在捜査中のゲリラ事案と当該事案とは、使用された爆発物が共通していま
す」明日香は表情を変えずに言った。「ですから、その関連を──」
「正式な鑑定はまだだと言ったはずだ！」本間は言った。「にもかかわらず関連
云々というのは、君の個人的な予断にすぎん！　捜査に雑音を入れるつもりか」
明日香は口を閉じた。
「いいか、判断は鑑定結果を見て、この私がする！　余計な真似をするな、解っ
たか！」
「まあまあ……、本間課長」牛島参事官が取りなし顔で口を挟んだ。
「柳原君、君がまあ、今度の事案と半年前の事案とを重ね合わせる気持ちは、解
らんじゃあない。……君にはいろいろと思うところのある事案だったし。なあ？」
その通りですね、参事官。明日香は表情を変えず、心の中で吐き捨てた。
「しかし、塩化ビニール管爆弾は、極左の連中の定番でもある。本間課長の言う

とおり、半年前の事案との絡みは、まだなんとも言えんわけだが……」牛島は、のっぺりした顔を初めて明日香に向けて、言った。「君が半年前の事案にこだわるというか、固執するのは、君に下された処分に、なにか含むところでもあるからかね？」

あからさますぎる恫喝よね、と明日香は思った。別に怖いとも思わなかったが。全てを失った人間を恐れさせることなど、できると思っているのだろうか？　それは、死人をもう一度殺すのと同じくらい、不可能なことだ。

「いいえ」明日香はわずかに顔を上げて答えた。「私は公安警察官です。どんな御命令であれ、私はそれに従います」

「あんた、馬鹿なのか」布施治人が言った。

目の前に広がった夜景はまるで、ベルベットの生地に宝石を撒き散らしたようだった。

真ん中に、照らし上げられたせいで珊瑚のような赤い色で屹立する東京タワー。

周りの高層ビルは輪郭を夜に消して、不規則に連なる窓の明かりだけが、着飾った女の胸元を飾るネックレスのように燦めく。様々な街の灯が渾然一体となった輝き。

一つ一つの輝きは瞬かない星のようで、まるで地上に降りた天の川だった。

「素敵なところね。でも――」明日香は口を開いた。「――いきなり連れだしといて、その言いぐさはないいんじゃないかしら？」

愛宕警察署からも遠くない、浜松町の世界貿易センタービル。その最上階にある展望台の大きな窓の前で、明日香と布施は佇んでいた。

その展望台――シーサイドトップは、夜景が売り物とあって、窓辺に沿って四十階を一周できる回廊状の室内は、足下を照らすライトのほかは照明が落とされている。けれど、贅沢に撒き散らされた街の光が地上から淡く差し込み、展望室内をふんわりと照らしている。

「それに、気づいてる？　私とこうして一緒にいるってだけで、〝会社〟からどう見られるのか」明日香は仄暗さのベールに顔を隠して囁いた。「私には、〝追っかけ〟がついてる……。それも半ば〝強制〟で、ね」

秘匿のそれと違い、〝強制追尾〟では対象者に察知されようと、捜査員は自ら追うのを止めたり諦めること――〝脱尾〟も〝放尾〟もしない。これが敵性機関員へ実施された場合は、諜報活動を凄まじい精神的重圧とともに抑圧する効果がある。

回廊に佇む影法師のほとんどは、夜景が目当ての男女だろうが、明日香と面識のない公安捜査員も、カップルを装う共同追尾者として紛れ込んでいるのは、間違いなかった。

「それが解っていて、なんで昼間、あんな馬鹿な真似をした？」

「あらやだ、耳ざといのね？」明日香は驚いて見せた。「お得意の立ち聞き、盗み聞きで――」

「黙って聞け、馬鹿女」布施は歩き出しながら吐き捨てた。「いいか、よく聞け」

「こうして傾聴してるじゃない？」明日香も隣で歩きながら答えた。

「ふざけるな……！」布施は続けた。「いいか、教えといてやるが、検察に提出した公判の疎明資料以外、半年前の案件の報告書類は、登録外秘だ。だから誰もみることはできん。限られた幹部以外はな」

「なるほど、逆に言うと」明日香は言った。「表に出るのは公判維持に必要不可欠なものだけで、詳細は限られた幹部たちだけが掌握してればいい、と考えてるわけね」

いかに保秘と密行主義の権化である公安部とはいえ、扱い方が異常だと明日香は思った。

まるで、保秘ではなく……、事件そのものの封印だ。

「偉い人たちだけが知ってる、って言えば」明日香はふと思い出したように続けた。「部長に届いた〝お客さん〟からの手紙の全文は？」

事件当日の朝、公安部長宛に郵送された犯人の予告状の詳細な内容については、明日香たち現場の捜査員には報告されていない。

「知らん」布施は詮索を撥ねつけるように答える。「必要もないし、知りたいとも思わんね」

しょう？」

「そう？」明日香は受け流し、続けた。「でも……〈ビキョク〉は知ってるんで

全国の公安警察は都道府県の管轄を越えて一体であり、その司令塔が〈ビキョ

ク〉——警察庁警備局警備企画課だ。

「当たり前だ」布施は素っ気なかった。

ではなぜ、と明日香は思う。ゲリラ事件に付きものの文書が、なぜ現場捜査員

にコピーすら回覧されず、保秘の対象になるのか。

「だが、現場まで知らされないということは、知る必要がないということだ」

「ふうん、意外と真面目なよい子ちゃんなのね？」明日香は、鼻先で小さく嗤った。

「どうとでも言え」布施は言った。「むしろそれが俺の仕事だ、知らなくても良い奴が知るのを防ぐのはな」

「あら、じゃあなぜ私に、いろいろ教えてくれるの？」明日香は立ち止まって眼を見張る。

「あんたが馬鹿なことをするからだろうが……！」

布施も足を止め、ほの暗さのなか、はめ込んだように小さな眼で明日香を睨みつけた。

「さっき言ったはずだ。知らなくても良い奴が知るのを防ぐのが、俺の仕事だ。……それに、だ。——」

明日香は薄い笑みで、布施の視線を受け止めた。

「——俺でもな、同情くらいはする。あんたがいくら自業自得の馬鹿女でも、これ以上堕ちてゆくのを見るのは忍びない……、それだけだ。さらに不利な立場に、自分からなる必要はない。違うか？」

「ご親切に、忠告をありがとう」明日香は眼を細めると艶然と微笑んだ唇に、展望台のパンフレットの端を軽く当ててから、投げキスの真似をした。「こんな綺麗なところにも連れてきてくれて。——送ってくれる？」

「ひとりで帰れよ」布施は抑揚のない口調に戻って言った。

「感謝も半減ね」明日香は顔をしかめ、大袈裟に息を吐いて見せてから、布施に背を向けた。「ほんと、ろくでもない彦星様」

「——彦星ってなんだ」

明日香は、怪訝な表情で見送る布施と、——その背後にある窓の外の、人工の天の川の燦めきを残して、歩き出す。

もっとも、私もお天気任せの織姫にはなれないけど……。明日香はそう思いながら、明るい照明の灯った中央回廊への階段を降りる。

自分の手で調べる段階に至ったようだ。——少々、手荒な手段に訴えてでも。


翌日、愛宕警察署。

明日香は、捜査本部の壁際にずらりと並べられたテレビモニターと、その前に座って画面を凝視し続ける捜査員らの後ろで、解析を見守っていた。

被疑者の男の姿は、二度、カメラに捉えられていた。——一度目は犯行に使用した高級車を、足立区内の駐車場から盗み出した際の映像。

そして二度目は、爆破の五時間前、本部庁舎に予告状が届く前の時刻に、この愛宕庁舎脇のコインパーキングに高級車を乗り捨てたときのもの。

どちらもニット帽とサングラスで顔を隠し、服装の他は、犯人がやや小太りで身長百七十前後、ということしか解らず、人定が割れるほど顔貌を確認できるものではない。

そのため解析班は、犯人の犯行後の足取り捜査と合わせて、男の顔貌が映っているものはないかと、公共交通機関のものを含めて防犯カメラ映像の洗い出しを進めている最中だった。

その時、会議室のドアが開く音がした。

「あら、どうしたの？」明日香は振り返って言った。

「来ちゃいけないんですか」

相変わらず棘（とげ）のある言い方をする冴子と、〝瀬戸物のタヌキ〟こと福原がやってきた。

「用事があるから来ただけです」

「そう。――で？」

冴子はジャケットの内ポケットから財布を取り出すと、一万円札をつまみだして明日香に突きつけた。

「前にお借りしたんで」

「別に、いつでも良かったのに」明日香は受け取りながら言った。

「いなくなっちゃうひとに――」冴子は嫌味たっぷりに言った。「借りっぱなしにする訳にはいきませんから」

「殊勝な心がけね」明日香は冷ややかに言った。「ちょっと感心したわ」

明日香は冴子の眼をじっと見詰めたが、冴子は動じる気配もなく、嘲り半分の笑みを崩さなかった。この子も成長したものね、と明日香は思った。

二人の様子をニヤニヤしながら眺めていた福原が、言った。「いやあ、嫌われたもんだなあ」

明日香は、冴子と福原が会議室からいなくなると、お札を財布にしまって、ふっと息を吐いた。

「あれ？　こいつ……」

明日香たちの刺々しい会話を耳にしつつも、モニターを見続けていた捜査員のひとりから、声が上がった。

「どうしたの？」明日香はその捜査員の座る椅子の背もたれに手を置き、モニターに身を乗り出した。

「見つかったか！」他の捜査員も、席を離れて明日香の周りに集まってきた。

「主任、まずこれを確認して下さい」捜査員は、班全員が注視するなか、手元のキーボードを叩いて、別の映像を表示する。

……俯瞰したコインパーキングの映像で、路上の白枠内に停めた黒い高級車から、犯人が降りる場面だった。ニット帽をかぶり、サングラスとマスクで顔を隠している。フード付きの、白っぽいジャンパーを着ていた。

「犯行前の映像ね」明日香はモニターを見詰めたまま言った。「それで？」

「今度はこっちを」捜査員はキーボードを操作した。

皆が固唾をのむなか……、新橋駅構内の、通路を上下に揺れながら満たす人波が映し出される。

「こいつです」捜査員はモニターの一点に指を突きつけた。

雑踏のなか、野球帽を被った男の上半身が映し出される。マスクはしていたがサングラスはなく眼鏡で、ジャンパーの色もモスグリーンのような色だ。

「これが、同一人物と？」明日香はモニターから捜査員に視線を流す。

「ええ。確かに帽子も違うしジャンパーも違います。ですが――」捜査員は男の姿をズームさせながら言った。「襟元を見て下さい。フードの裏地も」

明日香だけでなく、周りの皆も顔をモニターに近づけ、覗き込んだ。

男の襟元とわずかに見えるフードの裏地は、白っぽかった。……コンバーチブルのジャンパーを、裏返して着ているのだ。

「よさそうね」明日香は腰を伸ばして言った。「身長も同じくらいだし」

快哉（かいさい）とも安堵（あんど）ともつかない息が、その場の全員の口から漏れた。……見つけ出したぞ。

「おい、……こいつ、どっかで見たことないか」捜査員の一人が言い出した。

マスクに隠されていても分かる、色白で脂肪質の丸い顔。眼鏡の奥にある暗く細い眼。

「――そう言われれば」

捜査員たちは、互いの顔を見合わせる。公安捜査員としての第二の天性、〝面識率〟――頭に叩き込まれた極左関係者の写真台帳との照合を、無意識に行っていた。

「塞田（さいた）、よ」明日香は仕方なく言った。「塞田敏郎……、半年前のアパート爆発事件で逮捕された、加島三四彦の関係者ね」

「人定が割れたな……！」

捜査員たちは、おお、と声を上げて互いの背中や肩を叩き合った。

けれど明日香は、モニターの中の男に心の中で呟いていた。

――馬鹿、迂闊（うかつ）すぎるでしょ。

今度は本当に快哉を上げる捜査員らに囲まれていながら、明日香はモニターの中の男の顔を、じっと見詰め続けた。

「間違いないのだな?」本間課長は席に座ったまま、眼鏡をずらして見上げた。

「はい」明日香は、課長席の前に立って答えた。

「塞田……、塞田か」本間ははずした眼鏡を拭(ふ)きながら、呟いた。「どんな奴だったかな」

「これに」と明日香は両袖机越しに、フォルダー入りの書類を差し出した。

「塞田敏郎、三十歳」

明日香は、受け取った書類をめくる本間に説明した。

「これまで二度、爆発物取締罰則違反での犯歴があります。重度の爆発物マニアですが、思想性はなく、視察対象組織との接触はありません。ですから、要警戒対象者(マル要)として視察下に置かれたことはありませんでした」

「塞田がノンポリなら」牛島が明日香の背後で、ソファに身を沈めたまま初めて口を開いた。「なんでこんなことをやらかす?」

「私にはなんとも」明日香は無味乾燥に答えた。「ただ塞田は、同じく爆発物に異常な執着をもつ加島三四彦とは互いに数少ない友人で、爆発物製造における、言わば同志でした」

「なるほど、親しい関係なら、加島の奪還目的の線もあるな」牛島が言った。

「解った」本間は捲(めく)っていた書類を元に戻して、明日香を見た。「特命事項として指定作業班に追及させる。御苦労だった」

「本部内での周知は、よろしいのでしょうか」明日香は言った。

「塞田の背後関係が不明な現時点では、容疑解明が優先だ」本間は眼鏡をかけた。

「仲間(れつ)がいるなら、一網打尽にする必要がある。――従って、塞田の人定を割り付けたのは、指定作業班以外の捜査員には、秘匿事項とする。いいな？」

「解りました」明日香は一礼して、公安第一課課長室を退出した。


公安捜査員の交友関係は狭い。

任務や扱っている事案の内容は、同じ警察官どころか、公安部内の同僚、さらには家族にさえ口にできない。だから、退勤後に飲む相手は必然的に、同僚の中でも限られた者や警察学校の同期でもとりわけ親しかった者、ということになる。

公安二課の添田茂巡査部長は、そんな気のおけない同期に誘われて酒を飲み、久方ぶりに、ほろ酔い加減で家路についている。

夜の府中市の住宅街を、添田はやや千鳥足で歩きながら、ゲップのついでに、酒の席とはいえ、俺は余計なことまで口を滑らせなかっただろうな……、と思い返してみる。……いや、ない。職務に関することは何も口にしない。やれやれ、難儀な職場だぜ……、と思ったが、すぐに思い返した。

――いやいや、これくらいの警戒心がなきゃあ、半年前の美人警部補と同じような憂き目に、今度はこっちが遭っちまう……。

クワバラクワバラ、と添田は口にだして呟き、それにしてもいい女だったよな、と思った。

――まあ、任務とはいえ、同じ警察官を行確するのは、あんまり気分の良いものじゃなかったが……。

そう思ったとき、尿意を覚えた。

家に帰り着くまで我慢できそうもなく、添田は、途中にある猫の額ほどしかない公園の、蛍光灯のともる公衆トイレに入った。

トイレ内がまずまず清潔なのに安心して、添田は小便器の前に立って、ズボンのファスナーを下げた。

膀胱（ぼうこう）から、不快な圧力が抜けてゆく。切羽詰まった感覚から解放されはじめ、添田が満足の息を吐きかけ——。

その瞬間、添田の後ろで、個室のドアが勢いよく開いた。

飛び出してきたのは、明日香だった。

そのまま無言で、添田の膝（ひざ）関節を後ろから蹴りつけて、がくりと後ろに倒れかけた無防備な背中を拘束するように抱きかかえる。

「なんだ……！」添田は訳も分からず、声を上げて仰（の）け反（ぞ）った。

明日香は渾身の力で添田の首に両腕を巻き付けると、ウツボが獲物を咬（か）んで巣穴にひっぱりこむように、個室へと引きずってゆく。

「おい！　やめ……ろ！」首を決められた添田は股間に手をやったまま、タイル張りの床に黄色い小水を撒き散らして汚しながら喚いたものの、そのままよろよろと個室に吸い込まれた。

けれど、やはり男女の体格差は歴然だった。不意討ちから立ち直った添田が、狭い個室内で足を洋式便器にぶつけながら、身体をくの字に曲げると、いかに女性にしては長身とはいえ、持ち上げられた明日香の足が床から浮いた。

添田はさらにもがき、両腕を首に巻かれたまま身体を回した。背中にぶら下がる明日香は振り回されたが、スカートの下から片足を振り上げて、隙間の空いていたドアを蹴りつける。ドアは抗議するように大きな音を立てて閉まった。

明日香は背負われた状態のまま片腕をほどくと、ポケットに手を突っ込んだ。そして、摑みだしたもので、添田の脇腹を思い切り突いた。

バジジッ……！　という電気のはぜる音と、青白い閃光が個室の薄闇にあがったのは同時だった。

うがあ！　と添田は声にならない叫びを上げ、洋式便器の縁に手をつき、へたり込んだ。

「初めまして、というべきかしら？　もっとも――」

明日香は床のタイルを踏みしめ、息を乱しながらも微笑み、見下ろして言った。

「――そっちは私の知られたくないことまで、よおく御存知なんでしょうけど！」

添田は、便器の縁をつかんで身を伏せたまま、音を立てて胃の中のものを吐いていた。

「汚ねえイチモツしまってから、こっちを向け！」明日香は、背中を波打たせる添田に命じた。「早くっ！」

完全に主導権をとった明日香は、動けない添田の襟を摑んで立たせると、突き飛ばすようにして便座に腰を落とさせた。

「てめえ……なんで……」添田は顔を歪めて足を投げ出したまま、呻いた。

「言っとくけど、誰も来ないわよ――」

明日香は微笑んだ。自分に対する追尾は、厳重な尾行点検で撒いたのを確認していた。

だが、それとは違う尾行者の気配は察していた。

――その連中は、私が捕まるのを望まない……。だから……。

「――たとえご近所の誰かが通報してもね」

添田の呻きが、止まった。呆然としたように、便座の上からこちらを見上げている。公安警察官として、明日香の告げた意味を理解したのだった。

「勘弁……してくれよ……」添田は腹から声を絞り出して、うなだれた。

「素直なよい子になって、聞いたことに答えてくれるなら……ね」明日香は小首をかしげて優しく笑いかけた。

「おい!」添田は顔を上げ、訴えた。「そんなの無理だと、あんたにも解って――」

バジジッ! と再びスタンガンが音を立て、それを手にした明日香の端麗な顔を、薄闇に青白く照らした。

睥睨(へいげい)するように見下ろす明日香の顔には、ぞっとするほど、表情がなかった。

美貌のデスマスク。

　添田の背筋に、死そのものを目の前に突きつけられたような恐怖が奔った。

「……わかったよ」添田はふて腐れたように、吐き捨てた。

「ありがとう」明日香は心から言って、表情を和ませてから質問を始める。

「半年前、なぜ加島三四彦をあなた方、二課が逮捕したの？　加島を追っていたのは、私たち一課なのに。……その理由をおしえて」

「俺たちがしたかった訳じゃない」添田は自分の足下を見たまま言った。「あいつが、俺たち二課に逮捕されるのを望んだんだ」

「加島が……」明日香は眉をひそめて、添田を見た。「……自分で？」

「ああ、そうだよ」添田は姿勢を変えずに続けた。「加島は自分から、自分の居場所を俺たち二課に知らせてきたんだ。俺たちはそこへ駆けつけて、奴を逮捕しただけだ」

「なぜ加島は……、自分から警察に、それもあなたたち二課に……？」明日香は呟いた。

「さあな」添田は吐き捨てた。「奴はいろんな組織と関わってた。だから大方、スパイじゃないかと疑われてて、安全な警察に逃げ込んだのかもな」

「そう」明日香はうなずいた。「そうかもね」

「ここまでだ」添田は顔を上げた。「これ以上は言えない」

「充分よ、ありがとう」

明日香は微笑んだ。それから、後ろ手にすばやくドアを開けると、個室の外に身を引いてから、言った。

「悪いけど、ここでしばらく休んでから、お家に帰ってね」

「動けったって、動けねえよ」添田は呟いた。

「それから」明日香は口調を改めた。「あなたが話してくれた事は誰にも言わない。秘密にする。だから、今夜のことが人事記録に赤字で書かれることはない。約束するわ」

「そう願いてえな」

「それじゃ、本当にありがとう」明日香は親しげに言った。「お休みなさい」

明日香が個室のドアを閉め、トイレから外に出た途端、背後から、添田が再度、嘔吐する音がくぐもって響いてきた。

第三章　作業構造

警視庁術科センターは、江東区の、東京湾に浮かぶ新木場に所在している。隣接する広大で小綺麗な総合運動公園は、かつては都内全域からゴミが集積されていた〝夢の島〟が、名前はそのままに、生まれ変わった姿だ。番地の由来である木場、つまり木材を海に浮かべて集めておく貯木場も近くにある。

術科センターには、埋め立て地らしい開放感のなか、普通の体育館の三倍はあろうかという武道館、長大な射撃訓練場が立ち並んでいた。

それらの大きな建物に囲まれるように設けられた駐車場を、大小とり交ぜた色とりどりの乗用車と、機動隊の薄青色をした人員輸送車のバスが埋めていた。

そこへ、柔道着姿に頭髪を刈り込んだ若い男が、スニーカーを素足につっかけて、人員輸送車へと小走りに急いでいた。

若い男は機動隊員で、運び忘れた、警備活動の必需品でもあるクーラーボックスを取りに戻ったのだった。

若い隊員は、車体中央の蛇腹式ドアを押し開けて車内に乗り込もうとして、――ふとドアに手をかけたまま、横を向いた。

視界の端に、立ち去るような人影を見た気がしたのだが……。

誰もいなかった。

まあいいか……、警察に泥棒でもないだろ。若い隊員がドアを開けてステップに足をかけて、乗り込んだその瞬間、――。

人員輸送車が、轟音とともに激しく揺さぶられた。

若い隊員は、うわあっ、と悲鳴とも驚きともつかぬ声を上げ、背中から舗装された駐車場に転がり落ちた。

訳もわからず両手を突いて身を起こすと、人員輸送車の後部が、立ち昇る黒煙に飲み込まれていた。黒煙の合間から、ちらちらと覗く炎の舌先が、威嚇していた。

黒煙は車内にも瞬く間に進入して充満し、窓を漆黒で閉ざした。

若い隊員は腰を抜かしたように、座り込んだままそれを見続けていた。

機動隊の新隊員訓練で、燃料が撒かれて火のつけられた地面を、大盾を構えて突進する練習をさせられたが、火勢はその比ではなかった。

やべえ……！　若い隊員は地面で身体をねじって振り返ると、飛び上がるように走り出した。

だが――、背後で断末魔のような爆発が起こった。

スニーカーが脱げそうな足で懸命にアスファルトを蹴り、必死の形相で逃げる若い隊員は、後ろから雪崩のように押し寄せた爆風と砂塵、そして破片に飲み込まれ、見えなくなった。


「……術科センター駐車場で、車両が爆破された」

愛宕警察署会議室、捜査本部。

本間課長は、明日香と、急遽、呼び戻された数十人の捜査員とを前にして、ひな壇の幹部席で口を開いた。

その表情は暗く、顔色は艶が抜けて灰色になりかかっている。

隣に座る牛島も、引き結んだ厚い唇をへの字に曲げて眉間に皺を寄せ、腕組みしている。

「破壊されたのは……、第二機動隊の人員輸送車。人的被害については、機動隊員一名が――」

明日香も、他の捜査員らも顔を一斉に上げて、指揮官の顔を注視した。施設を目標とした、半ば示威行為のゲリラ事案か。……それとも、人命の殺傷を伴うテロ事案なのか。

「――爆風に吹き飛ばされて顔面を強打、全治一週間の擦り傷だそうだ」

会議室に、安堵の気配が微かに醸し出される。

「……マル機の体力馬鹿なら、一日寝てりゃあ治るだろうよ」会議室を埋めた誰かが、小声で嘲笑った。

明日香は胸の中でくすりと笑い、小声の主は公安三課の経験者かしら、と思った。右翼担当の公三は、右翼団体に密着して活動する。そのため、右翼団体を実力行使で検挙したがる警備部機動隊とは、仲が悪いのだ。

「なお、犯行に使用された爆発物だが――」

本間が続けると、会議室の空気が、再び張りつめた。

「――実況見分の結果、ここ愛宕署爆発事案に使用されたものと同種の、塩化ビニール管爆弾の改良型と判明した」

「つまり、だ」牛島が腕をほどいて口を開き、言い添えた。「ここと一連の犯行って訳だわ」

捜査員らは息を吐いて、それぞれ長机の上に眼を落とした。……二件目は、防げなかったか……。

「しかし、だ」本間は眼鏡に手をやりながら、声を上げた。「同時に有力な被疑者が浮かび上がった。――須田班長、報告してくれ。それから、資料を配付する」

最前列に配られた用紙が、手に手に後ろへと回される中、指名されたやや長身の作業班長の声が、会議室に響いた。

「塞田敏郎、三十歳。人定事項については、各自手もとの資料で確認をお願いします。——特筆すべきは、半年前に発生したアパート爆発事案との関連です。当該事案で検挙された加島三四彦と塞田はかなり親しい間柄と推測され、さらに、これは協力者情報ですが……、塞田は、加島がいつも持ち歩いていたノートを受け取ったらしいとの証言があります。ノートの内容については不明です」

手もとの資料に見入る公安部員たちの表情に、特段の変化はなかった。……刑事部の捜査本部なら、怒号が飛び交ってもおかしくない。特命事項とはいえ、一部の班だけが捜査に当たっていたのだから。けれど、公安捜査員たちは情報管理には当然のこと、と受け入れている。

「加島の逮捕時に作成された領置調書には、当該ノートの記載はありませんでした。加島本人に拘置所で面接のうえ聴取しましたが、黙秘しています」

明日香は、最後列の末席で、自分の作成した資料を受け取りながら、思った。

――いよいよ、お尻に火が回ったってところね……。

塞田敏郎を、もう一部の作業班だけで追及している段階ではなくなった。これまでのように、警察施設が狙われるのなら、対策や防護のしようもある。けれどもし、大勢の集まる民間や公共の施設を塞田が標的にしたら。

もしかすると、明日香は考えた。知らされていないだけで、二通目の予告状が公安部長宛に届いていて、そこに脅迫の文言でもあったのではないか。

「なお参考情報ですが、塞田は半年ほど前からジャーナリストとの接触がある模様です。媒体及び所属は不明、調査続行中です」

捜査員らは、資料にある、秘撮された塞田の顔を食い入るように見詰めた。

脂肪で輪郭の膨らんだ顔に、小狡そうに細められた眼、締まりのない口元。

明日香も眺めながら、爆弾製造に取り憑かれたものには、独特の暗さがあるものだけど、と思った。この塞田という男には、とりわけ魂の日照時間の短そうな、陰湿な感じがある。

「で、現在行っている追及作業の内容は」牛島が言った。

「現在、塞田の居住する多摩市のアパートを、二十四時間体制で視察中。ですがこの二日間、当該人は帰宅していません。さらに、所沢にある実家の電器店、及び交友関係者宅を視察下に置いています。また、主要ハブ駅での〝見当たり〟、土地鑑があると思料される地域での〝ホテル作業〟も推進中ですが、――」

公安に限らず捜査員が、目や鼻の位置、耳の形状で識別して逮捕にこぎ着けるのが〝見当たり〟で、〝ホテル作業〟は旅舎検とも言い、宿泊施設を虱潰しに当たってゆく捜査だ。

「……発見には至っておりません」

須田班長は、奥歯を噛みしめたのか、顔を強張らせて続けた。

本間は身振りで須田に着席を促すと、捜査員らの頭の波間に沈んだ長身の班長にかわって立ち上がる。

「だが人定を割り付けた以上、事件は出来上がったも同じだ。あとは時間との闘いだ。作業班を総動員して、塞田敏郎の検挙に当たる」

「その通り、あとはお前ら全員の職人芸にかかってる」牛島も言った。「この野郎をなんとしてもひっくくって、ここへ連れてこい！」

　参事官の檄に、明日香たち庶務担の作成した編成表に従って、捜査員らは先を争って会議室から姿を消した。


〝やだもう……、ちょっと待ってってばぁ……！　もう、エッチ！……〟

〝なあ……、いいだろ？　ここまで来たんだからさあ……〟

　明日香は眠そうな表情で、右耳に差したイヤホンから流れ込む、男女の嬌声を聞きながら、暗い天井を見上げていた。――どうしてラブホテルの内装は、どこもこう安っぽいのかしら、と思いながら。

　まあ、そんなことはどうでも良いことだ。いまの私にとっても、束の間の交わりに昂ぶる女と男にとっても……。

〝……もう、駄目だって！……そんな、あせんないでってば……くすぐったあい……〟

〝……焦らすなよ、なっ？〟

　さて、頃合いか。明日香は胸の中で呟いて、秘聴器――、いや民生品なので盗聴器のイヤホンを、耳からコードを引っ張って抜いた。それを上着のポケットにねじ込んだ手には、イヤホンにかわって、別のものが握られていた。

　ホテルの部屋のキーだった。明日香はドアの正面に立つと、それで鍵を開けて、部屋へと乗り込んだ。空虚な淫靡さの漂うなか、入り口脇の浴室を通り過ぎる。

　部屋に入ると、中は照明が落とされていて薄暗い。いままさに発散されようとしていた欲望のせいか、空気は妙に生温かった。

「こんばんは」明日香は戸口で立ち止まると、微笑んだ。

　キングサイズのベッドが、部屋の大半を占めていた。そのベッド上には、身体の輪郭の形にシーツを盛り上げた、男女の姿があった。

　男は仰向けに寝たまま、女も寄り添うように身体を密着させたまま、――身動きどころか呼吸するのも忘れたように、呆然と明日香を見ていた。

「お楽しみのご様子ね？」

「……そんな」

男に寄り添っていた日高冴子は呟いてから、明日香に嚙みついた。

「なんであんたが、ここにいるんですか！」

「あらら、それはこっちが聞きたいわ」明日香は小首をかしげる。「作業班はみんな、塞田の追及捜査に、全力を挙げてるんじゃなかった？　あなたも一応は作業班の一員でしょ？」

「出て行って！——」

冴子はシーツをはねのけ、転がり出すようにベッドを降りると、下着のほかは何も着けていない、あられもない姿で、明日香の前に立ちはだかった。

「——ていうか、出て行け！　早く！」

明日香は、頭ひとつ小柄な冴子が下着姿のまま激昂していても、微笑んだままだった。

「さっさと消えろ！　いなくなれ！」冴子は明日香を睨みつけて下唇を嚙みしめると、手を振り上げた。

明日香は左頰に力一杯の平手を喰らい、わずかに顔を背けたが、怯まなかった。

その態度が、さらに冴子の怒りの炎に、油を注いだようだった。冴子は右手だけでなく左手も振り回して、明日香の頬に、平手を叩きつけ続ける。

「クソ年増……！　裏切り者……！」冴子は激しい息の合間に、呪詛（じゅそ）のように喚（わめ）き続けた。「……通謀者（モグラ）！」

　その瞬間、明日香のスカートの脇で下げられたままだった右腕が跳ね上がった。そして右手は、冴子のおとがいを下からつかみ上げていた。

「……あっ」冴子は細いおとがいを明日香の手に一瞬で捉えられると、口を閉じ、……両手を振り回すのを止めた。

　明日香は、冴子をつかんだ腕に、持ち上げるように力を入れた。冴子はおとがいに掛かる力に抗えずに顔を跳ね上げ、明日香に比べれば小柄な身体は、吊られたように爪先立ちになった。息苦しさと痛みに、冴子は目許を歪めた。

　そんな冴子の目を覗き込むように、明日香は張られた頬がわずかに赤くなった顔を、ゆっくりと寄せた。……水晶玉に見入る、魔女のように。

「消えな、子猫ちゃん」

明日香は、冴子の可愛らしい頬に指先をめり込ませながら、艶やかな唇から色香を吹き込むように囁きかける。

「痛い目みないうちに」

明日香の、鼻先と鼻先が触れそうなほどの近くにある冴子の眼が、畏怖で見開かれていく。

それを確認してから、明日香は腕から力を抜いた。

解放された冴子の動きは、迅速だった。明日香の方を見ようともせず、大急ぎで脱ぎ捨ててあったシャツとスーツを身につけると、十数秒後には、両手でバッグやジャケットを抱えて、部屋を走り出ていった。

背後でドアの叩きつけられる音が響くと、明日香はぶらぶらと部屋を進み、弾力に跳ね返されながらベッドに腰を落とし、スカートの下の足を、わざと高々と組んだ。

「……あんた、どういうつもりですか！」ベッドの上から、呆気にとられたまま事の成り行きを見守っていた男が、喚いた。

めくれたシーツからだらしなく裸の胸をさらした、まだ若いその男は、――多田野だった。

明日香が、本部庁舎へNシステムの記録入手に赴いた際に、課長室の受付に座っていた、公安一課長の公用車の運転手であり、秘書役の男だった。

「それはこっちが聞きたいわね」明日香は前を向いたまま、素っ気なく言った。「日高と、こんなところで何やってたの」

「あんたに関係ないじゃないですか!」多田野は言い返した。「僕はまだ独りだし、……恋愛の自由です!」

「あらそう?――」

明日香は感心したように言って、天井を見上げたまま、ジャケットの内ポケットからつまみ出した葉書大の紙を、シーツの上にばらまいた。

反射的に多田野が手を伸ばし、――息を飲む気配がすると、明日香は続けた。

「課長のお嬢さんも、そう思ってくれるといいわね」

多田野が手に取っているのは――、絶望的な眼差しで見入っているのは、写真だった。

そこには、普段着で楽しげにデートに興じる多田野と、そして若い女性が秘撮されていた。

若い運転手兼秘書役の捜査員は、課長に常時、付き従う。当然、出勤と退勤時には自宅に顔を出すので、上司の家族とも親しくなる機会が多くなる。

そして、公安部は上司の信望、平たく言えば〝引き〟に左右される所属でもある。若くして抜擢された多田野にとって、本間課長の娘は恋人であると同時に、信頼を得る好機を与えてくれる存在でもある。絶対に嫌われたくはないはずだ。

「悲しいわね」明日香は言った。「――ひとは、愛情を持つ相手が多くなれば多くなるほど、弱みも増えてゆくんだから」

多田野は声にならない呻きを漏らし、腕を払って写真をベッドから床に落とした。

「……あんたが言えた義理か！」多田野は頭を抱えて喚いた。

「そうね、言えないわね」

明日香は視線を上げたまま軽い口調で同意してから、初めて多田野に顔を向けると、眼を据えた。

「じゃあ私と同じように公安を追放されたい？　そうなったあと、どういう目に遭うか、想像したことはある？」明日香は続ける。「遠いとおい所轄の、それも陽の当たらない所属をぐるぐる……、ぐるぐるとたらい回しされる。早く辞めろと嘲笑う、同僚たちの視線にさらされながらね」

多田野は頭を抱えて無言だった。

「……昇任して抜け出そうにも、努力は結局、無駄になる。疲れ切った身体に鞭打って試験を受けても、受かるのは精々、一次まで。二次では必ずはねられる。どんなに論文がうまく書けても。蟻地獄みたいなものよね」

多田野は頭を抱えたまま、震え始めた。

「言っとくけど、私たち――公安は絶対に忘れないわよ。極左の連中と同じくらい、執念深いんだから。一度レッテルを貼ったが最後、相手がこの世にいる限り、絶対にそのレッテルを剝がすことはない。いいえ、あなたが失意のうちに退職して、制服を脱いでからも――」

「やめろ！」多田野は両腕をシーツに打ちつけ、顔を上げた。「やめて下さい！」

「そう」明日香は平然と言った。「想像は、ついたようね」

「……なにが目的で、僕を脅すんですか」

シーツに顔を伏せて吐き出した多田野に、明日香はするりと足をほどいて左腕をベッドにつき、身を乗り出した。

「聞きたいことがあるのよ」明日香は微笑んだ。

「半年前のアパート爆発事件の時……、あなた、本間課長と一緒だったわね」

「そりゃ……」多田野は呟いた。「……それが仕事ですから」

「あの日の本間課長の動きを教えて。詳しく」

「あの日は……」多田野は記憶を蘇(よみがえ)らせながら、ぼそぼそと言った。「朝から三つほど部内会議が入ってて……、それで、事件が発生して――僕の運転で臨場しました」

「それで？　捜本が設置された後は？」

「一旦、本部に戻ってから……」

多田野は口ごもった。

「一旦、本部に戻ってから」明日香は繰り返し、促した。「それから？　夜、誰か偉い人と会ったのよね？」

多田野は驚いたように明日香を見てから、また下を向いて続けた。「……はい」

明日香は自分の勘が当たったことに、内心ほくそ笑みながら、さらに鎌をかけた。

「半蔵門で、でしょ？」

「……知ってるんですか」多田野は顔を上げた。

明日香が告げたのは、グランドアーク半蔵門のことだった。

現在は民間資本の経営だが、かつては半蔵門会館と呼ばれていた警察の福利厚生施設だった。その由来と、皇居を望める最高の立地なのも相まって、警察庁主催の会議や式典に多用される。それは、高度な盗聴防止対策に守られた施設という事を意味する。

つまり、秘密の会議には最適の場所の一つなのだ。

「で？　本間課長をはじめ、会合の顔ぶれは？」

「……」多田野はさすがに口をつぐんだ。

「言い出せないだけよね？」明日香は優しく言った。

「思い出せないんじゃなくて。私はいつまでも一緒に待っててあげるわよ？　でも、あんまり長引くと、何してるかと思われるでしょうけど――」

「解りましたよ……！」多田野は吐き出した。

「――二課の、門前課長と……」

「それから？」明日香は無表情に、容赦なく言った。

「〈ビキョク〉の、貝原理事官……」

「警備企画課の、貝原理事官……？」

無言でうなずいた多田野を見ながら、明日香もさすがに驚いていた。

貝原警視正といえば、〈ビキョク〉――警察庁警備局警備企画課の所属ながら、警察庁のある中央合同庁舎に執務室のない、いわば裏の存在だった。

　警視庁と警察庁に挟まれた警察総合庁舎に執務室を構える、全国公安警察の中枢。

　公安警察における最重要の組織内組織（インナー）、――〈チヨダ〉の責任者だ。

「……それから、理事官の部下の方も……」多田野は言い添えた。「知らなかった方で、どなたですかって先輩の運転係に聞いたら……、〈チヨダ〉の、極左担当管理官だと……」

　なるほど、と明日香はうなずいた。

　警察庁と警視庁の公安部幹部が雁首（がんくび）そろえた、深夜のグランドアーク半蔵門で、善後策が話し合われたということだ。……私に汚名を着せ、生け贄にすることも。

　もっとも、と明日香は思った。話し合われた内容の詳細はわからない。

　――でも、密議が行われた時間帯そのものが、充分な状況証拠よね。

「そう、……ありがとう。よく話してくれたわね」

　明日香は、ベッドに手を突いて多田野へ身を乗り出した姿勢から、座り直した。

それからポケットを探り、小さな箱状のものを差し出した。

また何か脅かされる材料か……、と泣きそうな顔になって、多田野はそれを見た。

「はい、報酬」明日香は手を伸ばしたまま言った。「バーターよ」

「……なんですか」多田野は、明日香の手にあるICレコーダーを、ただ見ていた。

「このホテルでの、あなたと日高の一部始終を秘聴して録音したものよ。あなたにあげる。録音したものは正真正銘、これしかないわ。——だからもう、あなたの一時の間違いについて、証拠はないわけ」

多田野は受け取る素振りも見せず、猜疑心の塊のような眼で見返してくるだけだった。

ま、無理もないけど、……と明日香は思いながらため息をつき、腰掛けていたベッドから立ち上がった。

「ひとつ、いいかしら?」明日香は多田野を見下ろした。「基調の結果、課長の娘さんは、あなたのことを心から愛してる。課長の立場が今後変わることがあっても、あの娘の気持ちは大事にすることね。……これは、老婆心からの忠告」

多田野は無言だった。

「それじゃ、本当にありがとう」

室内を歩き出した明日香が戸口に差し掛かると、多田野がベッドに横たわったまま、呻いた。

「愛情を持つ相手が多くなれば、それだけ弱点も増えるんじゃないんですか……！」

明日香は立ち止まり、背後に片頬だけ向けた。

「……それでも、そういう人がいないより、よっぽどマシなのよ」明日香は言った。「守れる人間になりなさい」

多田野を残して、明日香は部屋を出た。

ラブホテルを出るとそこは、闇に原色のネオンの瞬きばかりが目立つ、池袋の一角だった。

明日香は、恋人同士ともそれ以外ともつかぬ男女が、光の中に現れては消える通りを、歩き出した。

その時。

明日香はうなじに、そよ風に撫でられたような感覚が、走った。

……？　私についた公安一課の行確員……？

いえ、それはありえない。いつもより念入りに撒いたはず。

しかし、けばけばしいネオンの光が、逆に濃さを際立たせる暗がりに潜んで、私を視ているやつがいる——。

何者だろうか？　私が今夜、こうしてここにいると知っているのは。

——なるほど、そういうことか。

明日香は思い至って内心でほくそ笑み、それから感心した。抜け目ないわね……。

それはともかく……と明日香は多田野に吐かせた話の内容から、半年前のアパート爆発事件の真相、そのすべてが理解できた、と歩きながら思った。

――いえ、事件の真相というより……〝作業構造〟が、というべきか。

けれど、先ほどの多田野と、深夜の公衆トイレでやや強引な〝面接〟に及んで聞き出した公安二課の添田の証言だけでは、状況証拠にしかならない。

――やはり、決定的証拠を入手しなければ……。

ならば、あの迂闊すぎる塞田には、いましばらく世間で泳いでいてもらう必要がある。

それにはもうすこし、うまく踊らせなければ……。

私のために、ね。――明日香は微笑みながら思った。

東京あきる野市のそのアパートは、半ば廃墟じみた佇まいを曝していた。

築四十年は経ったモルタル造りの二階建てで、もともと安普請だった上に、ほとんど手入れがされていないのか、外壁の塗装が剝がれかけるなど傷みが目立つ。

また、建物とフェンスの、わずかばかりの隙間は枯れかけた褐色の雑草が覆っていた。

古すぎて入居者が集まらず、そのため家主にも物件を改修する余裕がなく、そうしてさらに入居者はいなくなる一方……という、悪循環の見本のような物件だった。

そのアパートの見窄（みすぼ）らしさが、周囲の住宅に比べて際立たない、まだ陽の昇りきらない早朝だった。

朝を待ちわびていたように、背広姿の男たちが数人ずつ、住宅地のなかから湧きだした。

塀や電信柱の物陰、停められていたワンボックス車から、続々と姿を現す。なかには背広姿には不釣り合いな伸縮式ハシゴを、二人掛かりで脇に抱え、運ぶ者もいた。

男たちと、ごく少人数の女を含めて数十人に膨れあがった一団は、無言で、砂糖に群がる蟻のように、アパートの前の道路を埋めて集結した。

その場の指揮者らしい長身の男の、身振りで出した指示に、男たちは錆（さび）の浮いた鉄骨の階段を足音を忍ばせて上る者たちと、雑草を踏んでアパートの裏に回る者に、自然と分かれてゆく。

アパートには上下階にそれぞれ三戸ずつ、計六戸あった。二階へ向かった男たちは、二階西端の角部屋のドアの前で、中から窺えない壁際に身を寄せた。その隣の部屋には男子大学生が住んでいたが、昨夜から帰宅していないのは、確認されていた。

アパートで唯一、在宅が確認されているのは一階東端の若い女性と幼い男の子の世帯だったが、そのドアの前では、スーツ姿の女性が、そっとドアを叩いている。

「こちら〝スーさん〟……」

長身の男——須田班長は無線に無線符号がわりの、一課内でのあだ名を告げてから、囁いた。

「……配置完了」

本部からの返信が伝達されるまでの間、アパート二階のテラス状の外廊下と、反対側の、ベランダにハシゴを立てかけた裏庭で、公安一課の捜査員たちは、息を殺して待機し続ける。――

……塞田敏郎が、あきる野市郊外の、アパートの空部屋に潜んでいる。

端緒は、付近住民の届け出だった。見慣れない男が、廃墟寸前のアパートに出入りしているのを不審に思い、近所の主婦が交番に報せたのだった。

管轄の福生警察署警備課公安係は、交番勤務員が主婦から聴取した人相着衣が、塞田敏郎に〝似寄り〟なのに気づき、公安部に速報した。

福生署公安係がアパートを視察下に置く一方、報せを受けた愛宕署捜査本部も、慌てて捜査員を急行させた。都内で追及捜査に当たっていた一課員らは驚愕し、とるものもとりあえずそれまでの作業を放りだし、急遽、駆けつけたのだった。

福生署から引き継ぐと、一課員たちは臨時拠点を次々と設定し、アパートを取り囲んだ。

そして、近所のコンビニエンスストアから、徒歩でアパートの空部屋へと戻ってゆく小太りの男を確認した。

行確が開始され、男が捨てた空き缶から入手した指紋と、警察庁鑑識課指紋センターの保管する指紋原紙のそれとが、一致した。

塞田敏郎に間違いなかった。

爆破事案とは別件の、建造物侵入及び損壊でも、充分に逮捕できる。けれどここからが、明日香たち公安捜査員が、自分たちは刑事部の単細胞刑事たちとは違う、と自負するところだった。

本間課長は、塞田の背後関係を探るべく、徹底した追及捜査を指示したのだ。

だが、コンビニエンスストアの店員とのレジでの受け渡し以外は、連絡役と接触する様子は皆無であり、その店員まで調査したものの、ただの女子短大生だった。

懸念されたジャーナリストとの接線もなく、結局、極左暴力集団との関わりなし、ということが改めて確認されただけだった。

そして発見から一週間後の今朝、公安一課の捜査員らは逮捕のために集まっている。

……須田は古びたアパートの前で、浅黒い顔をうつむけて、愛宕署捜査本部からの指示を待っていた。

その須田の耳に、イヤホンから愛宕署の捜査本部からの返信が聞こえた。

「愛宕捜本、了解」本間の声だった。「着手せよ、繰り返す、着手せよ」

須田は顔を上げるとアパートへ向き、もう一度確認した。……二階の廊下で捜査員らはドアの前で指示を待ちながら、室内の気配を窺っている。

一階の東端の部屋からは、寝間着姿の若い母親と抱きかかえられた寝ぼけ眼の幼児を、ショートカットの女性捜査員が急いで連れだしてゆく。その女性捜査員……冴子は、親子を路上の〝作戦車両〟――ワンボックス車へと抱えるように避難させながら、寒さよけに自分のコートを被せてやっている。

塞田の潜伏している空部屋の隣に住んでいる大学生が帰宅していないのは、作業班が行確ずみだ。

――これで最悪、塞田が自爆しても民間人に被害は出ない。

「……了解」須田は答えた。「〝お客さん〟を叩き起こす」

傍らで自分を注視していた捜査員を目顔で促し、須田は小走りにアパートへ急ぐ。

路上からアパートの階段を上り二階の外廊下を踏むと、捜査員の縦に連なった背中を通り過ぎる。

先頭の捜査員が内部を窺う、薄汚れたドアの前に着いた。

「……やれ！」須田は鋭く囁き、同時に襟元のワイヤレスマイクを叩いて、ベランダから突入する班に合図した。

大家から入手した鍵でドアを苦もなく開け、隙間でドアチェーンがぴんと張ると、すかさずボルトカッターの先が先頭の捜査員によって差し込まれ、鎖を切断する。

「警察だ！　動くな、そのまま！」

須田はドアを開け放って、室内に一喝しながら踏み込む。

室内は、三和土(たたき)を入ってすぐの狭い台所、八畳間と続いていた。家具もカーテンもなく、奥のガラスの引き戸からベランダまで見通せた。

食べ残しがこびり付いた容器やゴミが、ささくれ日焼けした畳に散乱している。けれど、人の姿はなかった。

塞田がいない……？　まさか、と須田が目を見開いた瞬間――。

畳の上のゴミの山の中から、バシュッ、という軽快な破裂音とともに、何かが飛び上がった。

須田が何かを感じる暇もなく、それは八畳間の中空で炸裂した。

突き飛ばされたように廊下によろめき出た須田を追って、膨大な白い煙がドアから流れ出した。

凄まじい、催涙性の刺激臭を伴って。

まるでドアが霧の世界に繋がってしまったような光景のなか、廊下で身構えていた捜査員らは一転して驚愕し、……さらに刺激臭に悶絶した。

眼や喉に刺されるような熱い痛みが奔り、我慢できず目蓋の上から必死に掻きむしり、吐き気がするほど咳き込む。立っていられず、壁や廊下の手すりにくずおれ、寄りかかる捜査員もいた。

須田もハンカチで口元を押さえつけながら、手すりから身を乗り出していた。

絞られ続ける涙と、咳き込むたびにハンカチを濡れそぼらせる唾液を、止めようがない。それでも須田は、廊下にひざをついて背中を揺らす部下の腕を取って引きずり上げながら、ハンカチの下でくぐもった声を辛うじて押し出す。

「いったん下がれ……！　ここに塞田はいない……！」

第四章　女狐の流儀

塞田敏郎は公安一課の厳重な視察下にありながら、あきる野市の古アパートを抜け出し、姿をくらました——。

当初はそう考えられたが、刑事部鑑識の応援を得て行われた現場検証で判明した事実は、公安一課の捜査員たちを切歯扼腕させた。

塞田お手製の跳躍式地雷が飛び上がり、室内に催涙性ガスを撒き散らしたあの瞬間、塞田自身は、踏み込もうとした須田たち捜査員の、ごく間近に潜んでいたのだった。

それは、隣の男子大学生の部屋だった。……塞田は公安一課の動きを察知していたのか、あらかじめ壊しておいた天井裏にある隣室とを仕切る板から、空部屋から逃げ込んだ形跡があった。

それが解ったときには、手遅れだった。現場に漂う催涙性ガスのために鑑識課の検証は開始が遅れ、須田たち公安捜査員らも病院で手当を受けるのもそこそこに、あらたな追及捜査へと向かっていたからだ。

数時間後、塞田は何食わぬ顔をして、大学生の部屋にあった衣服に着替えて、まんまとアパートから逃亡した。現場保存のために、詳しい事情も知らされず立番に当たっていた制服警官は、入居者だろうくらいにしか思わず、「御迷惑をお掛けします」と律儀に挨拶までしたという。

それはともかく、公安一課は塞田に肉薄しながらも、身柄確保に失敗した。


公安一課が塞田の姿を見失った、その日の夜。

日付が変わろうとする時刻、明日香は自宅のリビングでひとり、ぼんやりしていた。

独り掛けのソファに、風呂上がりの身に白いバスローブを纏っただけで、膝を両腕で抱えて座り込み、天井を見上げていた。膝の前に回した右手の指先には、赤ワインを満たしたグラスが下がり、目の前の低いテーブルには、ボトルが一本、所在なげに立っている。

——ひとりで飲んでも、ちっとも酔えやしない……。

そう思い、明日香がグラスを口に運ぼうとすると——。

突然、玄関のドアが乱暴に開けられる音が聞こえた。次いで、革靴を脱ぎ捨てる物音が続く。さらに、短い廊下を踏み鳴らし、突進するような足音が、ここリビングを目指して近づいて来る。

夜中の訪問者は、尋常な気配ではなかった。明らかな憤怒の気配があった。

明日香はけれど、気のない眼を足音の方に向けただけだった。ふっと息をついて、腕をほどいてグラスをテーブルに置き、面倒そうに床へと降ろした爪先で、スリッパを探す。

明日香がソファの上でわずかに座り直すのと、訪問者が姿を現したのは、同時だった。

戸口に現れたのは布施治人、だった。……小さな団栗眼が、黒曜石のように尖っている。

「あら、いらっしゃい」明日香はソファから立ち上がりもせず言った。「お招きした覚えもないし、夜中に押しかけられるほど親しいつもりもないけど」

布施は答えず、明日香を睨んだまま近づいた。

「……どういうことだ」布施が言った。

「何が？」明日香はなおも座ったまま、布施を見上げていた。

「……今朝、公一が塞田の潜伏先に踏み込む数時間前にな」

布施もやはり明日香を睨みつけたまま、内ポケットから折りたたんだコピー用紙を取り出しつつ言った。

「やつの携帯電話に架電があった」

「へえ、それで？」明日香は眼は冷ややかなまま、口元だけで微笑んだ。

「誰かが塞田に私たちの着手を知らせた、とでも言いたいの？」

「逃げられたその日の、それも午前三時だぞ！　他に何を話すって言うんだ！」

「面白い話ね。どうぞ続けておねえさんが聞いてあげるわ」

「馬鹿野郎、ふざけてんじゃねえ……！」布施は、この男には珍しく声を荒げた。

「これを見ろ！」

布施が、バスローブの胸元に折りたたんだ紙を投げつけてきた。明日香は膝の上に落ちたそれを広げて、眼を落とした。

携帯電話会社の通信記録を、プリントアウトしたものだった。

「昨日の夜だけじゃねえ」布施はうなるように告げた。

「逃走中の塞田の携帯には、それ以前にも公衆電話からの架電が複数回、記録されている。そのどれもこれもが、……全部、あんたが公一の〝行確〟を撒いてた時間じゃねえか！」

明日香は紙から布施に眼を戻して言った。「そのようね？」

「いけしゃあしゃあとほざいてんじゃねえぞ！」

布施は飛びかかるようにして間を一気に詰めると、明日香の胸ぐらをつかみ、ソファに引きずり上げた。

明日香は声も上げずにされるがままになりながら、布施の小さな眼を見返す。

「お前、塞田とどんな関係だ？」布施の声は怒りで押し殺されている。「……言え！」

明日香は締め上げられているにもかかわらず——、豊潤な唇に白い歯をこぼれさせ、微笑んだ。

「証拠は？」明日香は言った。

「……なんだと」

布施が絶句する番だった。

「私が発信してるのをみた目撃者でもいるの？　電話機から私の指紋でも出た？　それに通話の内容は？　秘聴して私の声が録音でもされてるのなら別だけど」

「……てめえ」布施は、互いの呼気さえ届くほどの近さで、明日香の眼に殺意され滲む視線を突き刺した。

けれど、明日香は笑っていた。布施の苛烈な視線を受け止めながらも、瞳はアクアマリンの清澄さを湛え、頬はほんのりと桜色に艶めいていた。白い歯をこぼす唇は、花びらのような柔らかみを醸しだす……。凄艶で——凄絶な、蠱惑の笑みだった。

布施は明日香のバスローブをつかんだまま、見開いた眼から虚を突かれたように敵意を消した。そして、一瞬、恐怖と嫌悪のない交ぜになった表情を浮かべた顔を、引き攣らせた。

目の前にいる女がバスローブの隙間から覗かせる白い肌に、むしゃぶりつきそうになる自分自身への恐怖。そして、そうなって道を踏み外してしまいそうな自分自身への嫌悪。

布施は顔を歪めて、突き飛ばすように明日香をつかんでいた手を放した。

明日香は人形のように投げ出され、どすんと音を立ててソファに腰を落とした。

「……なんなんだよ」布施は、荒い呼吸を繰り返しながら、吐き捨てた。「てめえは」

「――公安警察官」明日香は乱れた襟元をさり気なくなおし、胸の谷間を隠しながら、囁いた。「それ以外にはなれなかった女」

「違うね」布施はくるりと背中を見せながら言った。「ただの狡賢い〝女狐〟だ、てめえは」

布施は、闖入してきたときと同じように、床を踏み鳴らして、リビングを出て行った。そして、玄関のドアが叩きつけられる音が響くと、明日香は表情を吹き消してテーブルからグラスを取りあげ、ソファに身体を丸め直した。

グラスにはいった赤い液体を天井の灯りにかざしながら、明日香は思った。

――そうね、そうかも知れない……。公安警察官でいられなくなれば、ただの〝女狐〟……。

ならば、と明日香は、差し上げていたグラスをおろし、口をつけながら心の中で続けた。

――だったら、この〝作業〟だけは、なんとしても完遂しなければ……。

私が、まだ〝公一の女狐〟でいられる間に。

明日香はグラスを傾け、ワインを一気に飲み干す。

そして、もう寝なくちゃ、と明日香はグラスをおいて立ち上がった。明日は休みを取ってあるが、くつろぐ暇などない。それどころか——。

すべてに決着をつける日だ。

——そう、私の全てが試される日。

公安捜査員、柳原明日香としての、最後の工作の日なのだ。


翌日、正午前。

明日香は、仕事着のスーツ姿で自宅マンションの玄関を出た。

ドアに鍵をかけながらさり気なく廊下に目を配ったが、行確員らしき人影はなかった。昨日までは、これ見よがしな姿をさらす連中が目に付いたものだが。

——やっぱり、秘匿追尾に切り替えたわね。

明日香は心の中で呟き、鍵のついたキーホルダーをポケットに落とした。

肩から小さなショルダーバッグひとつ下げただけの身軽さで、明日香は廊下を歩き出した。

明日香の予想は当たっていた。

公安一課の、これまで明日香を視察下においていた専従作業班は、方針を百八十度、転換していた。

先日までは、明日香に行動確認要員の存在を意識させ、用を足したトイレの中さえ後で女性の行確員が点検するという、公然視察と強制追尾を行っていた。

——これは日本駐在の外国人大使館員で〝機関員性あり〟とされた人物、つまり表の肩書きはともかく、本国では情報機関に所属していると推測される者に行われる手法だ。公安部外事課は、ロシア大使館員へ常時これを行い、大使館員に身分偽変したスパイの諜報活動を封じ込んでしまう。

いわば〝沈黙の威圧〟であり〝知的な恫喝〟で、要するに〝国家の意思による強烈な嫌がらせ〟だ。

けれどこの手法には、宿命的な弱点がある。

それは、機関員の行動を完全に封殺できる半面、機関員と諜報形態で接触した人物を洗い出し、日本国内の情報網を摘発することができない点だ。

そこで行われるのが、あえて機関員を泳がせて、特異動向と接触者を徹底的に、かつ秘密裏に監視する手法――追及捜査、とりわけ秘匿追尾だ。

公安一課の専従作業班が秘匿追尾に切り替えたのは、昨夜の、公安総務（こうそう）課特命業務班――〈カスミ〉の運営者である、布施治人との会話を秘聴していたからだった。

柳原明日香警部補は、本件被疑者である塞田と、何らかの接線（せっせん）があるのか……。

絶対に、容疑解明（ようぎかいめい）しなければならない。専従作業班は応援を求めた。

結果、四個班二十人が動員され、様々な服装で素性を隠し気配さえ消して、明日香のマンションの周りに散らばって待ち受けることになった。

その二十人の行確員の囲むマンションの、エントランスの内側からドアが押され、開かれた。

ドアの陰から、髪が長くて姿勢の良い、女性のなかでは背の高い女が、姿を現す。

　明日香だった。

　その途端、行確員たちが耳にさしたワイヤレスイヤホンに、指揮者からの指示が流れ出す。

「狩りが始まるぞ、警戒しろ」指揮者の声は、緊張していた。「〝女狐〟に見えない網をかけろ……！」


　さてさて、始まったわね。――明日香はマンションの外へと踏み出しながら思った。

　行確員は十人か、二十人か。最低でも四個班で包囲し、追尾してくるだろう。いずれも、用心深く猜疑心に満ちた極左活動家たちを追うことを生業にする、かつての同僚であり、仲間たちだ。

　けれど――だからこそ、私は振り切らなくてはいけない。私がほかの何者でもなく、公安警察官であることを、実力で証明しなくてはならない。それはなにより――。

――私の、これまで培った誇りが試される、ということ……。

明日香は駅へと、急ぐでもなく歩道を歩きながら、思った。

道行く人の増え始めた通りを、明日香は不意に振り返ったり立ち止まったりせず――つまり〝尾行点検〟もせず、前を向いて歩いた。

後ろにいるはずの、手練れの監視者たちを引き連れて。

最寄りの練馬駅に着くと磁気カードをかざし自動改札を抜けて、西武池袋線のホームへ続く階段を、流れる人々の間を縫って上がった。

行確員たちも、時間差をおいてバラバラにホームへと上がる。

朝の非人道的なラッシュ時とは違い、列車を待つ人々の数は、混んでいるというほどではない。ホームの端に記された車両の停止位置に、数人ずつの列ができているくらいだ。

明日香の姿は、ホームの中程にあった。

それを行確員たちは視界の隅で確認すると、それぞれの場所に散った。

「マル対……」学生風の行確員が携帯電話を耳に当て、笑顔で通話する振りをしながら、襟の裏に隠したマイクに囁いた。「……ブクロ行きを待ってます」

「了解」指揮者の応答がイヤホンにあった。「列車対応の追尾に備えろ」

携帯電話をおろした学生風の行確員の頭上から、到着を知らせるメロディが降ってきた。目をやると、線路の上を電車が減速しながらするすると走り込んでくるところだった。

ちらりと一瞥(いちべつ)すると、多くの乗客と同じように、明日香も目の前で止まりかけた電車にあわせて、端整な横顔を動かしていた。


ではまず、初級問題からいきましょうか……。

明日香は、電車から降りる乗客が途切れると、乗り込みながら思った。

入り口近くに立ち、自動ドア脇の取っ手を握った。そうしながら、さり気なく、池袋方向ゆきを待っていた人々が、ほぼ電車に乗り込んだのを、窓から見て取る。

間もなく、発車のメロディが車内に響きはじめ、安全を確認した合図の笛が短く鳴る――。

その寸前に、明日香は電車から、左右から閉められかけた自動ドアの間をすり抜け、ホームに降りた。

ゆっくり動き始めた電車を離れると、電車の進行方向とは反対にホームを歩き出しながら、窓から中の乗客たちを、公安捜査員特有のぼんやりした眼差しで観察した。とくに、乗っていた車両よりひとつ後ろの車両を。

なぜなら、列車での追尾では、対象者と同じ車両には、一人の〝現認員〟――通称〝ウォッチャー〟しか同乗しないからだ。

人間は、他人の目を感じる生き物だ。特に、警戒した対象者の緊張で張りつめた肌は敏感だ。そして人間は同時に、注意する相手に視線を無意識に注いでしまう生き物でもある。訓練された公安捜査員といえど、例外ではない。わずかな油断で向けた眼を対象者に察知され、逃げられた事案は、枚挙にいとまがない。

従って、ほか十数人の行確員は、対象者の乗る車両を挟んだ形で、前後の車両に乗り込むのだった。

　そのようなわけで明日香は、動き出した電車の窓から見える顔を、脳裏に映像として焼きつけていたのだった。……が、当然、テレビドラマの刑事のように、窓に取りすがって舌打ちしているような、解りやすい反応を示す公安捜査員など、いるはずがない。

　――ま、べつに期待したわけじゃないけれど……。

　ここから立ち去っても、行確員たちは作戦車両に陣どる指揮者の命令に従い、次の行動に移るだけだ。入れ替わり立ち替わり、映画に登場する蘇った死人並みの執拗さで追尾してくる。

　だが対象者に、つまりこの場合は明日香に〝ヅかれた〟……気づかれて顔を覚えられたと行確員らが判断すれば、話は別だ。

　秘匿追尾である以上、行確員の存在はおろか、追尾が行われていることそれ自体、対象者に悟られてはならない。素人相手の尾行しか経験のない刑事部のお気楽捜査員らはこれを臆病、と嘲笑うが、これこそが精緻を極める公安の手法だ、と明日香は思う。

――でも、そこが付け目でもあるのよね……。

明日香は電車の走り去ったホームを歩きながら思い、目当ての人物を探した。

電車を待つ列にいながら乗り込まなかった者。そして、乗り込んだにもかかわらず、明日香を追って電車を降りた者を。

いたいた。明日香は、ごく自然な足どりで離れてゆく男の背中を見つけて、胸の内で呟く。

歩幅をふやして、ホームの端で男に追いつくと、明日香は追い越しながら顔を向けた。

学生風を装った男だった。

ゆっくりと男の顔を見据えて、女狐を狩るにはまだ力不足ね、と微笑んでやった。

男はちらりと怪訝そうに明日香に目をやっただけだった。

が、間違いなかった。とはいうものの、ホームに残ったのがこの学生風の男だけではない、というのは明日香には解りきったことだ。ホームの反対側で、逆方向への電車を待つふりをして潜んでいた行確員もいるのは、間違いない。かなり離れたところで動きながら待機する〝遊撃要員〟も、また手つかずだ。

だが、それはそれとして――。

――まずひとり、〝落とした〟。

明日香は〝落ちる〟、つまり追尾を断念して脱尾して立ち去ってゆく男を、目で追いもせず、そう思った。

「ヅかれました……、落ちます」

カーテンを引いて薄暗いワンボックス車内に、無線からのくぐもった声がした。

公安一課の作戦車両だった。運転係のほか指揮者と補助係が乗っており、移動しつつ行確員に指示を出していた。

「了解。B班と合流しろ」

無線に聞き入る後部座席についた男が、膝の上に載せたノートパソコンのモニターをじっと見ながら答えた。モニターからの青白い光に、その男——追尾指揮者の顔をつたう脂汗と、偽変用に積み込まれた様々な衣類、小道具が浮かび上がる。

指揮は、公安一課管理官自らが執っていた。

「……これで何人目だ」管理官はモニターを凝視したまま、傍らの補助係に尋ねた。

「十人、見切られました」補助役は、ぼそりと答えた。

明日香の尾行点検は、狡猾を極めていた。

電車に乗ると見せかけて素早く降り、乗らないと見せかけて飛び乗り、次の桜台駅で降りる。一本見送って、また電車に乗る——。

極左活動家もよく使う、お馴染みの点検行動の筈だった。にもかかわらず、追尾に熟達しているはずの行確員らは翻弄されていた。

明日香の動作には、緊張や無駄はおろか、無意識に次の行動へ備える仕草もない。これだけなら、場数を踏んだ活動家たちも身につけているものだが、明日香はそれだけではなかった。一つ一つの行動が流れるようで、優雅でさえあった。

明日香はこれを西武池袋線で繰り返しながら、――やがて池袋駅に到着していた。

柳原という女を、過小評価していたのか……。管理官は車内の薄闇で下唇を噛みながら思った。

毎年四回開かれる作業検討会（SR）で高評価を得ているとはいっても、所詮は警察庁（サッチョウ）採用の、準キャリアのお客様だと、管理官は踏んでいた。

にもかかわらず……、いままた、行確員たちは電車に取り残されて、池袋駅のホームに立つ明日香に、見送られている――。

無線が不意に告げた。「……笑って、います……！」

「なんだ？」管理官は無線マイクのプレストークボタンを押して、聞き直した。

「繰り返せ」

「対象が、……笑ってます……――」無線からの行確員の声はかすれていた。

「ホームから……こちらを見て」

　くそ、と吐き捨ててから、管理官は顔を上げた。あの女、まさか――。

　無線から、別の声が告げた。「対象、歩き出した……」

「――ホームを下りる」

「山手線に向かう」

「――ヤマテ改札、……抜けた」

　行確員からの入電が続く。

「管理官、このままでは行確員の員数が痩せるばかりです」

　補助役が傍らから管理官の歪んだ横顔に言った。「落ちた行確員を公然視察に回して、強制追尾させましょう！　そして、まだ察知されていない行確員らには秘匿追尾を続行させるんです」

　管理官は無言だった。

「そうして――」補助役は言い募る。

「頃合いを見て強制追尾をはずせば、対象は追尾を振り切ったと判断して、接触を図るはずです。そこを秘匿追尾の行確員に押さえさせれば――」

「駄目だ」管理官は答えた。「これだけ厳重な尾行点検だ、対象が塞田本人と接触する可能性もある。強制追尾では、女狐は接触そのものを取りやめるかも知れん……！」

「しかし……！」

「いいか、全行確員、よく聞け」管理官は補助役には答えず、マイクに言った。「対象はこちらを見切って撒くつもりだ。挑発に乗るな、慎重にいけ！　あの女の薄ら笑いに惑わされるな！」


明日香は、管理官の予想通り、あらためて乗り込んだ山手線の電車に立ったまま揺られながら、微笑み続けていた。

十人は落としたはず、と明日香は思った。およそ半数近い仲間が抜けたいま、行確員たちは神経を過敏にさせているだろう。懸命に平常心を保とうとしている。

――でも、それが逆に焦りを生んでしまう……。

焦りが注意力を消耗させて不用意な行動を惹起させ、それがさらに焦りを増幅させてゆく――。悪循環だ。

私を追尾する者全員が……、と明日香は思った。

――狩りたてるつもりだった獲物から、逆に狩りたてられる恐怖をいま、味わっている……。

行確員全員と作戦車両で刻々と報告を受ける指揮者はもちろん、なにより――。明日香に汚名を着せ、公安部からの放逐を決定した幹部たちも含めた、全員が。

たっぷり味わいなさい……。明日香は背筋を奔りぬける、ひんやりと冷たい快感を感じながら思った。私も、そんな世界に生きてきた。

そうか、私は……、明日香はふと気づいて、心の中で独りごちた。

――私は、この神経を削るようなぎりぎりの世界を、……ぎりぎりの世界ゆえに、いえ、もしかすると、ぎりぎりの世界だからこそ、愛したのだ。

警視庁公安部と、それを取り巻く、どろどろした情念が動かす世界を。

そしてそこで私は、――もうひとりの私自身を生んだ。

〝女狐〟、と呼ばれる女を。

私の内に生まれ棲みついたこの女は、少女の頃には考えることもできなかったことを、平然とやってのけた。他人の、欲望あるいは羞恥心につけいり、情に訴えて取り込み、肉欲を刺激して誘惑さえした。

けれどそれも、と明日香は思い返す。それらが許される世界だからこそ、できたことだ。

許される世界あっての、女狐。その世界が失われれば、女狐に行き場はあるのだろうか……？

――わからない……、わからないけれど。

明日香は不毛な思考を断ち切って、顔を上げる。

いまはただ、行確員を〝見切る〟ことに集中しなければならない。私はまだ、ぎりぎりの世界にいるのだから。

女狐が、女狐でいられる間に、結着をつけなくてはならない。

その時、ごうっ、風鳴りがして窓の外が黒一色となり、電車がターミナル駅の構内へ進入したのが知れた。

「……渋谷駅です」補助役の声は平静を装っていた。「これで追尾は、さらに――」

「解ってる！……」管理官は不機嫌さを隠さず答えた。

渋谷は乗降者が都内でも新宿、池袋に次ぐ規模であるのに加え、ＪＲや各私鉄が乗り入れるターミナル駅であり、凄まじいといって差し支えないほどの人々が行き交う。さらに、地名から解るように谷底のような地形のため、各鉄道会社の駅舎は一つではなく複数が連絡する、まるで建て増しを繰り返したような、複雑な構造をしている。

何よりも、繁華街の中心でもあり、追尾するには厄介な多数の商業施設が取り囲むように揃っている。

そんな場所に、こちらの手の内を知悉している対象者、――明日香に入り込まれたら。

大都会の雑踏を、対象者を捕捉したまま泳ぎ切るのに慣れた公安一課の行確員たちにとはいえ、最大難度の追尾技術を要求されるだろう。

「……解ってるが、尻尾を巻くわけにいくか」管理官は言った。「遊撃員の先行配備は」

「ハチ公口をはじめ、各出入り口で待機しています」

「よし、――女狐が入り組んだ建物を利用して〝点検〟する可能性が高い。行確員は陣形を循環式に変更しろ。慎重にな」

明日香は電車を降りると、すぐにホームからこぼれんばかりの雑踏に飲み込まれた。

そして、人の波に飲み込まれたまま、ホームから降りる長い階段へと歩いて行った。

——私たちのような者には、ほんと有り難い場所なんだけど……。

長い階段の多い駅構内は、対象者が尾行点検するにはあつらえ向きの場所だった。

一旦階段をおりて立ち止まり、続いてくる乗客を見張ってから、再び階段を駆け上がって見下ろせば、尾行者は自ずと露見する。同様に曲がり角のない、長い地下通路での点検も有効だ。

だから、様々な組織、あるいはその構成員は、駅に限らずそういった都合の良い場所をさがし、あらかじめ選定しておくのがこの世界の常識だ。

明日香はその理想的な駅構内にいながら——、尾行点検は一切しなかった。

人の流れのなかを、流されるままの速度で、ただ身体を運んでゆく。

そして、隣接の百貨店へと繋がる連絡通路の前を素通りした。

「なに？　警戒する様子がなくなった？」

管理官は、渋谷へ向かい低速で進む作戦車両の中で、問い返した。

「点検、特異動向、……なし」

無線から、一塊になって響く無数の靴音を背景音に、行確員が報告した。

「了解、前動続行」

プレストークスイッチから指をはなした管理官に、補助役が言った。

「行確員を全て撒いたと思って、安心してるんでしょうか」

「その可能性はある。あるが……」管理官は呟いた。「だがあの女狐だ、油断するな」

ここへ来て気が緩んだ、ってことか？　と管理官は組んだ手に顎を押しつけながら思案した。……希望的観測は禁物だ。

何か企んでいるのか……？

明日香は、大して何も考えず、ハチ公口から渋谷駅の外に出た。

見上げると、秋の空からの陽差しが、景色に淡い橙色のフィルターをかけている。空調でも処理しきれない人いきれから解放され、乾いた空気が心地よかった。

明日香は、ハチ公の銅像の周りの混雑をやり過ごして広場を抜け、やがて、スクランブル交差点に差し掛かった。信号を待つ大勢の歩行者に加わる。

その間、明日香はポケットからサングラスを取り出してかけた。

似合わないのよね、これ。明日香は一気に白黒に単純化された周りを見て、心の中で呟く。……でも、まあ、仕方ない。

運良くあまり待たされずに信号が変わり、一斉に動き出した人々に交じって、歩き出す。

横断歩道を渡りきると、ショーウィンドーが飾るビルの入り口へと、迷うことなく向かう。

明日香はサングラスをはずしてポケットにしまいながら、ビルへと吸い込まれてゆく客のひとりになった。

そのビルは、老舗のデパート、南部百貨店だった。

明日香を追って、半数まで数を減らした行確員らも、デパートの店内に紛れ込んだ。

そして――、自分たちが女狐の狩り場に、まんまと誘い込まれたことを悟った。

明日香は一階の売り場を抜けると、エレベーターホールに行った。それから、エレベーターに乗り込むと、最上階まであがった。そして最上階で降りるとすぐに、下降するエレベーターに乗り換えたのだった。

これを何度も繰り返した。

高層建築で追尾する場合、対象はどの階で降りるのか解らない。だから、最低でも一人の行確員は対象者とともにエレベーターに乗らなくてはならない。さらに、各階にも行確員を先行配備する必要がある。

また、対象者がエレベーターを降りて、階段に向かった場合でも、追わざるを得ない。やはり、どこの階へ向かうかは、解らないからだ。

明日香はこの古典的な方法で、行確員らを引き回し続ける。時に女子トイレに入って、追尾してきた女性捜査員とすれ違ってもみせた。

客たちが平和な買い物を楽しむ水面下の暗闘で、明日香は新たに四人の行確員を見切る戦果を上げていた。

さあ……あと一人だ。明日香はエレベーターの箱の中、詰め込まれた買い物客に押されて窮屈な思いをしながら、壁際で思った。

〝落ちた〟行確員は、すでに十四人。もうこれ以上に人数が減れば、秘匿追尾そのものを断念せざるをえなくなる。一個班、たったの五名で、自分たちの手の内を知る相手を捕捉し続けるのは、いかに精鋭であろうと不可能だ。

その最後の十五人目は、同じエレベーターの箱の中に乗っている。

中肉中背の普段着の男だった。目の前に並んだ買い物客の頭のうえに、その男の頭がのぞいていた。

男は、自動ドアの上の階数表示を見上げている。そして、目許が見えるか見えないか、あるいは頰の輪郭がすこし見える程度に、後ろに顔をそらしていた。

――さあ、顔を見せてよ……。さあ……！

明日香はそう念じながら、男の目許を見詰めた。

当然、よく訓練された男は動かなかった。

……でも、視線のせいで頬や襟足をちりちりした感覚に刺激されているはず、と明日香は思った。

――こっちを向きなさい！　早くっ！

明日香は見開いた目から放った殺気交じりの視線を、男の目許に突き刺した。

その瞬間、男は頭をぴくりと動かし、振り返ってしまっていた。

正面に見えた男の顔には、本能的に危険を察したような、驚きと警戒と――わずかな恐怖が浮かんでいた。

と、そのときガクンとエレベーターの下降が止まり、男の背後で、自動ドアが左右に開いてゆく。

最後の行確員が、これで〝落ちた〟。

明日香は息をつき、ゆっくり目蓋を閉じてから瞳を和めて、男に笑いかけた。

——あなたは、よくやったと思うわよ。

明日香は、はやくも箱の外に姿を消した行確員のあとを追うように、エレベーターから降りながら思った。

「三班、十五名——」補助役が抑揚なく言った。「——脱尾、落ちました」

これで秘匿追尾は、事実上、困難となった。

「くそ!」

管理官が前の座席を蹴りつけると、膝に載せたノートパソコンが跳ね上がった。

「……あの女狐が!」

運転していた係の者がちらりと顔を向けて窺う中、補助役は口を開いた。

「どうします」

解りきったことだ、と管理官は思った。絶対に、女狐の尻尾を捕まえてやらなくてはならない。

「〝落ちた〟班員を南部デパートに集めろ」管理官は両手でノートパソコンをつかみ、載せ直しながら呻いた。

「強制追尾に切り替える。残った行確員は、現認員(ウォッチャー)も含めて、絶対に女狐の視界のなかに入るな！　これは厳命だ！」


さて、人に会う前におトイレ、済ませちゃおうか。と明日香は思った。……時間も良いようだし。

明日香はその階の紳士服売り場を通り過ぎ、フロアの隅にあるトイレへと入っていった。

数分後、サングラスをした明日香がトイレから現れた。

トイレから紳士服売り場を素通りしてゆく明日香を、気配もなくマネキンや陳列棚の陰から目の端に入れていた、一旦は落ちて離れていた行確員たちが、追いはじめる。

十分後、注目する者もいなくなった女子トイレから出てきた若い女が、歩き出した。

その若い女は、全体的にせかせかした印象の女だった。

短めの髪は、気ぜわしい歩き方にふさわしく、ところどころ跳ね上がっている。そして、女性用にしてはやや太い黒縁眼鏡を、化粧っ気のない顔にかけている。服装も薄手の赤いタートルネックを着込んだうえに、淡いモスグリーンのジャケットを羽織り、下ははき古しのジーンズという、いかにも活動的ないでたちだった。肩には、何を入れているのか、重そうなトートバッグをかけている。

エレベーターホールで待つ間も、ひっきりなしに身体を揺らして天井を見上げたり、階数表示を見ては舌打ちする。

ようやくエレベーターがやってきて自動ドアが開くと、乗っていた客が全員降りる前に、強引に乗り込んだ。

後から乗り込んだ客の中には、その女の振る舞いに眉をひそめて横目をやる年配客もいたが、女は周囲の顰蹙（ひんしゅく）を知ってか知らずか、ジャケットのポケットに両手を突っ込んで壁にもたれたまま、おおきな欠伸をした。

そうしているうちに、エレベーターは最上階で扉を開いた。

そこは、今時珍しい、デパート屋上に設けられたフードコートだった。

燦々とした陽光のもと、セルフサービス式の飲食店が屋上の端に沿って軒を連ねていて、客はそれらの店で買ったばかりの食物を、自分で真ん中の大きく開いた広場にしつらえられたいくつものテーブルに運んで、屋外で愉しめる、というわけだ。

平日ではあったが、大声で話す学生らしい男ばかりの集団や、年配の夫婦、子ども連れの若夫婦……、様々な人々が談笑しながら、風景と軽食を味わっている。

女はそんな賑やかさの中、やはりせかせかとテーブルの間を抜け、待ち合わせた人物を捜した。

その人物――、男はテーブルに一人でいた。椅子に座ってやや小太りの身体を丸めて、テーブルに突っ伏すように、顔を伏せている。

弾けるような喧噪の中で、男だけが陰気に色彩を欠き、周りには黒い靄が漂っているようだった。

「よっ、元気？」女は無遠慮にテーブルの椅子を引き、どさりと男の正面に座りながら声をかけた。「で、なんなの、大事な話ってさ？」

「……あんた、信用できるやつだよな」

小太りの男は、顔を伏せたまま、陰気に言った。

「なんだよ、いきなりびっくりさせせんなよ」女はおおらかに笑う。「あたしゃただのフリーのブン屋だって。そんなこと言われたら照れちゃうじゃんか」

「だけどあんたは、やばいのを承知で――」

男は、丸い顔を上げた。暗く光のない細い眼に、取りすがるような表情が浮かんでいる。

塞田敏郎だった。

「――俺にサツの動きを知らせてくれた」

「いい？　よく聞いてよ、塞田さん」女は腕組みするような格好で、テーブルに身を乗り出す。

「あんなの、大したことじゃない。――知ってる？　お巡りの、それも〝ハム〟だなんだと威張ってる奴らでも、仕事が終わればただのエロオヤジなんだよ。そいつらにちょっと鼻の下のばさせてやれば、なんだって聞き出せるもんなんだよ」

女は、それに、と続けた。「あたしがあんたに、そういうクソ警官から聞き出したことを知らせたのは、このあたしが、大っ嫌いだからなんだよ、警察ってもんが。だから、感謝なんてこそばゆいだけだって」

「――だけど、おかげで俺は捕まらずに済んだ」

快活な女と陰気な男の間に、喧噪だけが滑り込む。

「まあいいや」女は口調を変えた。「で、大事な話ってなに」

「……これなんだ」塞田はテーブルの下で、何かを差し出した。

女も身を傾けて手を伸ばして受け取り、胸元に引っ張り上げた。

それは大判の封筒だった。女は無言で塞田を見て目顔で許可を得てから、中身を取り出す。

それは、手垢まみれの、大判のノートだった。

「これは……？」女は怪訝そうに呟きながら、ノートを捲った。

象形文字を思わせる下手な字が、紙面をびっしりと埋めていた。

「あんたも知ってると思うけど、半年前のアパート爆発事件……」

「知ってるも何も」女が口を挟む。「あたしがそれを追ってたから、加島三四彦の友達であるあんたと、こうして知り合ったんじゃないの」

「黙って聞けって！」塞田は苛立った。「——加島三四彦逮捕には、裏があるんだ」

「裏？」女は聞き返す。「裏って、どんな」

「それに全部書いてある」塞田はノートを見やった。「公安がやってきたこと、もみ消したこと、……全部だ」

女は胡散臭そうに、手元のノートを見た。

「俺はそれを使って、警察に要求を呑ませようとした。だけど……もう駄目だろう。捕まるのは時間の問題だ」

「で、私にどうしろって？」女は顔を上げた。

「それを、しかるべきマスコミに持ち込んで、世間に公表して欲しいんだ」

女は再びノートに目を落とし、考え込むように口を尖らせて、鼻で息をつく。

「頼むよ……！」塞田の声が震えた。「あんたしか、頼れる人間がいないんだ……！」

女は塞田を見て、肩の力を抜いた。

「——解った」女は言った。「心当たりにあたってみる」

「……ほんとか……」塞田は安心したのか、放心したように呟く。

「ああ」女は白い歯を剝きだすように笑った。「これも何かの縁だ、一緒に国家権力に嚙みついてやるよ」

「すまない」塞田は頭を下げた。「感謝するよ」

「こっちこそ」女は微笑んだ。「こいつは、第一級のネタだしね」

塞田は安心したのか、身体中で息をしたようだった。

「――じゃあ、ほんとに……ほんとによろしく頼むよ、な?」

「わかったってば」女は唇の片方をつり上げて、ニッと笑いながら、ノートを封筒ごとバッグに収めた。「しつけえ男だな。じゃ、あたしは行くよ」

女は椅子から立ち上がった。そして、テーブルに塞田を残し、歩き出した。

そして、テーブルの間を抜けながら、携帯電話を取りだし、番号を押して耳に当てた。

「……ブツは受け取った」女は低く言った。「確保、よろしく」

女が手早く携帯電話をポケットにねじ込んだ途端、屋上の喧噪が消えた。

塞田は女を見送っていたが、不意に立ちこめた厳しい空気に、座ったまま身を硬直させる。

そんな塞田めがけ、屋上にいる者、ほぼ全員が殺到した。

男ばかりの学生風の集団も、年配の夫婦も、子どもをおいた若夫婦も――。

「塞田敏郎だな。現住建造物放火、並びに爆発物取締罰則違反容疑で、逮捕する」

歩き続ける女の背後で、聞きなれた声が告げるのが聞こえた。

「なんだよ！　なんなんだよ！　お前ら！」

捜査員らにびっしり囲まれた塞田の抵抗の声が、エレベーターに向かう女を追いかける。

女は、後から響いてくる悲鳴まじりの声を聞きながら、似合わない黒縁眼鏡を外した。すると、涼しげな目許があらわれる。

「放せ！　放せよ……！」

女は右手を挙げて、自らのところどころ跳ねた短い髪を鷲づかみにした。と、ずるりと頭髪全体が外れ、その下から巻き上げた長い髪が艶やかにひかった。

「痛てえよ……！　痛てえって……！　やめろ……！」

女は仕上げに、右手で毛玉のようになったウイッグをトートバッグに投げ込むと、反対側の手をうなじに伸ばし、髪留めをはずした。

長い髪がふわりと、秀でた額と背中に舞い降りる。

そこにいたのは——、ジャーナリストと名乗っていた女では、もはやなかった。

警視庁公安部の女狐。

微笑みを浮かべる柳原明日香、だった……。

第五章　特別協力者(マルとく)

明日香は、警視庁本部庁舎の公安一課課長室から、窓の外を眺めていた。すでに変装をといてスーツ姿に戻り、足下にバッグを置いていた。

十四階の高みから、皇居の森が見渡せる。……枯れ色の混じりはじめたその森との境界に、お濠、警視庁の異称と最寄りの地下鉄駅名の由来である、桜田門の瓦屋根が黒く覗いていた。

半年前にここで、と明日香は思った。私は精神的に陵辱された。心を……誇りを引き裂かれたうえに剝ぎ取られ、汚辱を無理矢理うけいれるよう跪(ひざまず)かされた。私の落ち度は、それほどの罪に値するのか。

いいえ、そんなことはない。私はこれから、それを自ら証明する。

――そうするのに、ここほど相応しい場所はない……。

ドアの開く音がして、明日香はそちらに身体を向けた。

「……なんだ、君は」

本間課長は、牛島参事官と笑顔で話しながら入って来たが、明日香の姿に気づくと、眉間に皺を寄せて言った。

「誰の許可を得て入った」

「まあ本間課長、いいだろう」牛島参事官が鷹揚(おうよう)を装って口を開く。「なにか報告か、柳原君。……そういえばお前さん、愛宕の捜本にはいなかったな」

本間も牛島も、塞田逮捕の一報を受けて駆けつけた捜査本部から、警視庁へ戻ってきたところだった。塞田の身柄確保でひとまず安堵しているのか、顔色が良かった。

もっとも、逮捕の詳しい経緯までは、本間も牛島も報告を受けていない筈だ。

「報告なら早くしろ」本間が面倒そうに言った。「これから、警察庁(サッチョウ)の人間と会う予定がある。その為に帰庁したんだ」

「手短に、な」牛島も素っ気なく吐いた。

「もう来ております――」明日香は微笑んだ。「――ここに」

「……なんだと？」牛島が明日香の顔を見た。

「お忘れでしょうか」明日香は微笑んだまま続ける。「私は警察庁職員です」

その時、両袖机の課長席で卓上電話が鳴り、受付の多田野の声が告げた。

「門前二課長がお越しです」

明日香は平然と課長席に歩み寄り、卓上電話のボタンを押して応じた。

「お入りいただいて。それからしばらくは、誰もとりつがないで」

「おい！　お前、何様の――」

怒気で眼鏡の曇りそうな本間と、怪訝そうな牛島の背後で、ドアが開いた。

「失礼しますよ」門前二課長がドアを抜けながら言った。「本間一課長、こちらでサッチョウから重要事項の伝達があると――」

門前は室内のただならぬ様子に気付くと、言葉を切った。

二人の公安部幹部の強張った背中、それに平然と対峙するように課長席の脇に立つ、背筋の伸びた女性警察官。その、部屋の主のように錯覚しそうなほど自然に振る舞っているのは……公一の女狐だ。

「たかが一警部補が……」本間は怒りで喉が詰まったのか、呻くように言った。

「……幹部を呼び集めるとはどういう事だ！」

「面白いものが手に入りましたので」明日香は、にこりと笑って見せた。「馬鹿な女の情事を録音したものよりは、楽しんでいただけるかと」

「何を言ってるんだ、お前は！」

「大きな声を出さないで」明日香は表情を消して、叱りつけるように言った。

「聞き苦しい」

「なんだとお前、それが上司への――！」

顔色を変え、喚く寸前の声で言い募ろうとする本間を、牛島が目顔で制した。

「まあまあ、本間課長」牛島は口調は穏やかながら、細い眼で明日香を睨みつけながら言った。「言いたいことがあるなら、聞いてやろうじゃないか、ん？」

「さすがに牛島参事官は大人でらっしゃいます」明日香は冷ややかに言った。

「馬鹿な女に言わせるだけ言わせるのが先で、対応は後からいくらでもできる……。いまは事態の把握に努めよう、と。そういう魂胆ですね？」

明日香はくすりと笑った。「ではどうぞ、お掛けになって下さい。——門前課長も」

貴様、と怒鳴りつけようとして牛島に袖を引かれた本間は、牛島と門前が憮然と応接セットに向かうなか、渋々と課長席に着こうとした。

「課長も、あちらに」明日香は課長席のそばで、本間へ立ち塞がるようにして言った。

「お前、いよいよ頭が……」

「どうぞ」明日香は応接セットの方へ、軽くおとがいの先を振って繰り返した。

「あちらに」

睥睨するように顔を上げて見詰める明日香と、怒りで息をする本間は、睨みあった。

「まあ、いいじゃないか、本間課長」牛島が応接セットのソファから無表情に言った。「まだ席は空いてる」

　二人の課長と参事官を、追い立てるように応接セットの低いテーブルの周りに着かせると、明日香はその上座に立って、足下にバッグを置いた。

「……で、面白いものってのはなんだ?」牛島参事官が皮肉を言った。「〝馬鹿な女の情事を録音したもの〟より、面白いものがあるとは思えんがね……」

「あら、気に入っていただけて光栄です」明日香は挑発にのらず、柔らかく微笑んだ。「本当に、生でお聞かせできないのが残念なくらい……」

「ふざけてるのか、お前は!」本間が怒鳴った。

「一体、何を言ってるんですか、こいつは?」門前二課長も、呆れたように牛島にソファから身を乗り出して言った。

「ふざける……?」明日香は小首をかしげて繰り返し、微笑んだ。

　そのまま三人の幹部を見回すと——、表情を険しく一変させて一喝した。

「ふざけてるのはそっちだ!」

　怒りや呆れ、そして皮肉な思いを吹き飛ばされた顔で、三人は明日香を見詰めた。

「我々の方が、だと」牛島が低い声で言った。「どういう事か、言ってみろ」

「では最初から、お話ししましょうか。その方が楽しんでいただけると思うので」明日香は微笑みを取り戻して、言った。

「本事案……塞田敏郎による都内警察施設連続爆破事件は、半年前の、加島三四彦の引き起こしたアパート爆発事件が引き金でした。そうですね？」

　三人の公安幹部たちは、無言だった。

「なんの罪もない、気の毒な御夫婦が亡くなったあの事件で、加島は捜本を立ち上げた私たち一課ではなく、二課に逮捕された。それも、加島本人がそう望み、二課に自ら連絡を取った結果……です。おかしいですよね？　どうして主管課を差しおいてまで、被疑者の希望を汲んでやる必要があったのか」

　無表情に顔を向けてくる本間や牛島、門前に明日香は続ける。

「それは、加島からの交換条件だったから」明日香は囁くように告げた。「そしてあなた方には、その交換条件を呑んででも、加島三四彦を守らねばならない事情があった……」

「爆弾マニアを守ってやる理由など――」本間が吐き捨てた。「――我々にはない！」

「いいえ、あります」明日香は微笑んだ。「これ以上はない理由が」

「言ってみろ」牛島が無味乾燥に言った。

「加島三四彦は、私たち公安一課の協力者――、それも、最重要の〝特別協力者〟だったんですね？」

　協力者にも、重要度に応じてランクがある。

視察対象組織の構成員ではない、一般の協力者（マルはん）。対象組織ではないが、それに準ずる団体の構成員である、準協力者（マルじゅん）。

　そして、視察対象組織の構成員であり、最高度ランクの特別協力者――〝マル特〟だ。

「加島三四彦は私たちにとって理想的な立場にいました。節操のなさから極左暴力集団（セクト）の双璧である〈革同連〉〈赤盟派〉双方に爆発物を供給していたからです。獲得し運営すれば、極左の特異動向は筒抜けになったも同然ですもの」

牛島が腕組みして天井を見上げた以外、本間と門前は動かなかった。

「しかし、加島の運営に問題が生じた。——それも文字通り、致命的な事態が」

明日香はゆっくりと三人の顔を眺めやったが、三人は前を向いたまま無表情だった。

「先ほど言った、可哀想な御夫婦が犠牲になった事件……、つまり半年前のアパート爆発事件です」

明日香は続ける。「あなた方は大慌てになったでしょう。なにしろ、私たちが渡していた報奨費で、爆弾をせっせと作ってたんですから。意図したものではなく、製造過程の事故であっても、これが世間に漏れたらどんな批判を浴びることになるのか……」

公安部が自分たちの都合を優先させた結果、なんの罪もない夫婦が焼死した。

さらには、むしろ公安部は自分たちの存在意義を創(つく)りだすために、加島に爆弾を作らせていた、などと指弾を浴びかねない。

そうなれば権威が地に墜ちるだけでなく、世論は公安部の解体さえ求めてくる恐れがある。つまり、警察も含めた官僚の最も恐れる、〃世論が保たない〃事態になる。

「あなた方は、世論の批判を回避するために、加島の要求を容れざるを得なかった……」

「確かに面白れえがな、ちょっと待てや」牛島が口を開いた。「なんで加島が二課の逮捕を求めたかの理由にはなってねえな、女狐さんよ」

「先ほどもいったように——」明日香は動じなかった。「加島はその無節操さから、〈革同連〉と〈赤盟派〉双方と関係するうち、両方から疑われ、眼をつけられていたのでしょう。だから、最も安全な警察に逃げ込む必要があった。これが第一の理由です」

「ほう、まだあるって言うのか」牛島が皮肉に言った。

「ええ」明日香は軽くうなずいた。「そしてもう一つの理由——」

じっとテーブルに眼を落としている門前の横顔に、明日香は眼を据えていった。

「加島は公一の協力者であると同時に、公安二課の協力者でもありました。――もちろん、非公式の。そうですね？　門前課長」

「馬鹿かお前」牛島が吐き捨てた。「協力者の二重運営は、絶対の禁忌だろうが」

「その通りです」明日香は言った。「けれど二課はその禁忌を犯した。だから、皆さん泡を食って、アパート爆発事故当日の深夜、〝半蔵門〟に集まった」

「あのな、加島が公一の〝マル特〟だとか、公二の二重協力者だった、なんてのは全部お前さんの想像だろうが？」

唾を飛ばして言い返す牛島に、明日香はくすっと笑って答えた。

「では、皆さんに加えて〈チヨダ〉のウラ理事官と管理官が集まった理由を、お聞かせ願います」

「秘匿事項だ」本間が吐いた。「お前なんぞに答える必要はない」

「答えられない、の間違いでは？」明日香は冷ややかに言った。「事件発生日の深夜に、協力者工作を統括する〈チヨダ〉のウラ理事官まで密議に参加したのは何故か……。加島が協力者だったから、……それ以外に考えられません。すると必然的に、私たち捜査員が割る翌日より前に、加島の人定をすでに御存知だったことになります。違います？」

明日香は黙り込んだ牛島を見詰めてから、続けた。

「話を戻して……、なぜ加島が二課に逮捕するよう要求したかですが。極左の内々ゲバの的にかけられ、加島は警察に逃げ込むことにしたわけですけど――、幼児性の強い性格の加島は、自分を協力者として運営していたにもかかわらず、今度は逮捕すべく追ってきた私たち一課を逆恨みした。裏切られたと感じ、だから二課に逮捕を要求したのでしょう？　なにしろ二課とは知らない仲ではないし、それに、〝一協力者に一運営者〟という原則を破っていたという弱味を加島は握っていた。取り引き材料になる、と考えたんでしょ？」

「さあ、そこだなあ」牛島が惚けた声を上げた。「じゃあなんで、二課があえて禁忌を犯した上に、弱味を握られるような下手な〝作業〟をしたんだい、え？」

「それはぜひ私も、ご本人の口から聞いてみたいところなんですけど――」

明日香は、ソファで背中を丸めるようにうなだれた、門前二課長の横顔を見た。

門前の顔はこわばり、膝の上で握りしめた拳をじっと見詰めている。

やれやれ、小心者だこと……。明日香は怒りより軽蔑に胸を押され、ふっと息を吐いた。

「では、私が門前課長に代わってお話しします。よろしいでしょうか？」

門前は答えなかった。

「答えなさい！」明日香は一喝した。「耳が悪いのか、それとも言ったことが解らないほど頭が悪いのか、どっちですか！」

明日香は、思考停止したままの門前に、冷笑してから口を開いた。

「御存知の通り、極左暴力集団の構成員は、減少の一途を辿っています……。それにともない、サッチョウにおいても公安部は再編され、最盛期には三つあった課が二つになり、ついには一つに纏められました。現在の重点は完全に外事部門へと移りました」

明日香は言葉を切って門前を見たが、握った拳を見詰めたままだった。

「そしてそれは、ここ警視庁でも同じです。公安三課と暴力団担当四課との統合、あるいは外事特捜隊を公安から組織犯罪対策部署への所属替えを求める声……。さらに部外からの、無知故に〝今どき思想犯など時代遅れ〟という批判――」

明日香は読み上げるように淡々と続ける。

「――公安部内にあっても、サッチョウと同様、国内の極左よりも外事に手厚くなる人事……。すると、こう考える者が出てきても不思議ではありません――」

明日香は門前を見詰めて言った。

「――〝もう公安はかつてのような聖域ではないかも知れない〟……と」

明日香は続けた。「〝国内極左担当の一課と二課はやがて統合されるかも知れない。とすれば、どちらがどちらを飲み込むのか？〟……当然、飲み込んだ方が、新しい所属での主流になるのは眼に見えています。だから、来るべきその日に備えなければ、という危機感が、公安二課を突き動かし、少しでも有利な立場になろうと、公安一課への工作へと走らせたのですね？　門前課長！」

門前は、膝の上で拳を震わせたまま、答えなかった。

「けれど、加島三四彦への工作は、裏目に出ました。死者を出す事態に、あなた方は混乱した。手の内にある加島とは、出所後の生活の世話や保護を条件に取り引きができたでしょう。しかし、捜本まで立てた主管課の私たち一課でなく、二課が逮捕した不自然さは覆いようがない。いかに命令に忠実な公安捜査員とはいえ、疑問を抱かせたままだと、外部に漏らさないとも限らない。だからあなた方は、二課が一課に行っていた別の工作を利用して、隠蔽(いんぺい)を完全にしようとした……。それが――」

明日香は微笑みをかき消しておとがいを引き、全員を睨みつけた。

「馬鹿な女に二課の仕掛けていたハニートラップ、ですね？」

牛島もさすがに、天井からテーブルへと眼を落とした。

「あたかも一課から二課へ情報漏洩があったかのような調査を行った上で、馬鹿なトラップに引っ掛かっていた私を生け贄に差し出す。……裏切り者のレッテルを貼って差し出せば、一課のみんなは、私への怒りや憎しみで疑問など忘れてしまう……」

明日香は吐き捨てた。「好機を利用しただけとはいえ、考えたもんですね」

課長室に、沈黙が落ちた。

「……なにが、考えたもんですね、だ」牛島が小馬鹿にする口調で言った。「全部お前さんの推測じゃねえか、ん？」

推測ですって……？　明日香は眼を見開いた。胸の中で、かっと熱いものが膨張した。

——この期に及んでも、まだそんな卑劣な言い訳を……！

「ふざけるな！」明日香は吼えた。「あんたたちが私にしてくれた、恥知らずで卑怯な真似と一緒にするな！」

明日香は身を屈め、足下からバッグを取りあげ、中から封筒を取りだした。

「……これが、証拠です」

牛島と本間はもちろん、うなだれていた門前も顔を跳ね上げ、明日香が胸元で示す封筒に釘付けになった。

「これは、加島が運営された内容を自ら記したノートです。もちろん、一課の作業だけでなく、二課のウラ作業についても詳細に記されています」明日香は微笑んだ。「塞田に託されていたのを、回収しました」

「……なんだと？！」本間が眼鏡の奥で眼を剝いて、手を突き出した。「よこせ！」

明日香は紙束を封筒から取り出すと、テーブル上に突き出された本間の手に片手で差し出した。

本間が身を乗り出して分厚い紙を摑もうとした途端――。

明日香は差し出していた手を、紙を持ったまま取りあげるように振り上げた。

「なにをする！」本間が叫ぶ。

紙の束は、明日香の指から宙に放り出されると、やがて一枚一枚、ほどけるようにばらばらになりながら、課長室内に撒き散らされてゆく――。

テーブルにはもちろん、牛島参事官や本間一課長、門前二課長の頭上にも。

「おい、柳原！　お前……！」

「拾え、拾いなさい！」明日香は昂然と叫んだ。「這いつくばって、自分の手で！」

牛島がソファから崩れるように床に膝をつきながら、怒鳴った。「集めろ！」

本間と門前も慌てて床に張り付くようにして、両手で紙を掻き集め始める。

恥も外聞もなく、ただ浅ましい本性を露わにして。

汚らわしい……！　そう思いながら、明日香は笑った。声を上げて哄笑した。

「貴様――」本間は床から顔を上げると、明日香を憎悪でぎらついた眼で睨みすえた。「こんなことをして、ただで済むと思うな！」

「あんたはもう、私の上司じゃない！」明日香は笑いすぎて目尻にたまった涙を指先でぬぐいながら言った。「いいえ、自らの保身のために職権を濫用する者は、公を安んじる者でもなければ、――警察官でさえない！」

明日香は笑いを収めて、本間を睨み返した。……だから課長席に座らせたくなかった、と思いながら。

「ただの薄汚い、権力亡者よ！」

「めぎつねぇぇぇっ……！」牛島が憎しみを込めて床に這ったまま呻いた。

「そう、私は女狐です」

明日香は微笑んで見せてから、きびすを返した。

「昔ここ桜田門にあって、その名の由来ともなった櫻田神社。――私はそこに奉られていた白狐、――権力へ警告するものの眷属(けんぞく)……なのかもしれません」

明日香は、床の上で足掻(あが)き続ける三人の幹部をそのままにして、歩き出す。

ドアを開けるとき、明日香は足を止めて肩越しに振り返った。

三人の幹部は、まだ床の上の紙片を、膝をついて掻き集め続けている。

その姿は、守銭奴に見えた。

「……汚らわしい！」

明日香は片頬だけむけた端整な顔に、容赦のない嫌悪の表情を浮かべ、吐き捨てた。

精々がんばって集めればいい。

――もっとも、それは加島のノートのコピーにすぎないんだけど……。

原本のノートはしかるべき相手に提出した。

そして明日香は、今度はそのノートを提出した相手のもとへと出頭すべく、ドアを開けて、公安一課長室を出た。

「御苦労でした」机に着いたまま、相手の男が言った。

明日香は机越しに男に頭を下げ、その背後の窓に眼をやった。

警視庁本部庁舎、公安課長室からも遠く東京の街が見渡せたが、ここからだともっと眺望が開けている。

警察庁警備局長室は、警視庁に隣接する中央合同庁舎二号館の最上階、二十階にあるからだ。

「辛い役回りだったとは思いますが、よくやってくれました」警備局長は言った。

「いいえ」明日香は表情を変えずに答えた。

「公安部はこれから受難の時代を迎えるかも知れない」警備局長は机の上で手を組んだ。「しかしだからこそ、とりわけ警視庁公安部は最強であり続ける努力を怠ってはならない、と私は思っています。それには組織的不正など、あってはならない。……さらには部内の主導権争いなど、もってのほかです」

「私も、局長のおっしゃることを信じましたから――」明日香は静かに言った。

「――今回の作業を、お引き受けしました」

「そうでしたね」

　警備局長はうなずいて、続けた。

「……そうそう、君は警部補から警部へ進むのが決まりました。これで来年度の人事異動で、公安以外の所属に赴くことになっても、処罰の結果ではなく、昇任配置ということになります」

　明日香は顔を上げた。それは、つまり――。

「私にはもう……」明日香は呟くように言った。「……公安関係所属には居場所がない、ということでしょうか」

「柳原君、解ってもらいたい」警備局長は立ち上がり、机をまわって明日香の前に立った。「今回の案件で、本間一課長と門前二課長は懲戒、牛島参事官も更迭は避けられない。そんななかで、君だけが公安部に在籍したままなら、無用な詮索と波紋を呼ぶ。外部が嗅ぎつければ、君の〝作業〟が無に帰すばかりか、膿を絞り出す以上のダメージを、公安部に与えてしまう。それは治安情勢に鑑みて、得策ではない」

つまりは、公安部のために――。

明日香は眼を閉じた。……それは、不正の隠蔽に荷担するという事ではないのか。

いいえ、違う、と明日香は思った。あの連中のように、私利私欲とはまったく関係がない。

そう、すべては私の愛した公安部のためだ――。

私はそこに戻れないとしても……、私自身も〝公を安んじる者〟でいたい。

警察官であり続けたい。

「……解りました」明日香は眼をあけて、警備局長の顔を見て言った。

「柳原警部補」警備局長は言った。「君のことは、気にかけておく」

「いいえ、お忘れ下さい」明日香は微笑み、続けた。「ゴミ箱を失礼してよろしいでしょうか」

警備局長は怪訝な顔をしながら、そこだ、と机の脇を指し示した。

明日香は警備局長の前から離れ、ゴミ箱の前に立つと、懐から封書を取り出した。

退職願、だった。

「この作業が終わったら提出するつもりでしたけど――」明日香は指に力を込めて封書の両端をつまみながら続けた。「――取りやめます」

一気に引き裂くと、二つに破れた封筒から、便箋がはみ出した。明日香は何度も重ねては破った。

そして、細切れになった退職願をゴミ箱に落とすと手を払い、じっと見守っていた警備局長の方を向いた。

「では、お気遣いありがとうございました」明日香は頭を下げて最敬礼した。

「私のこれからについてはどうかご心配なきよう、お願い申し上げます」

秋の終わりの空に、低気圧の連れてきた雲が、低くたなびいてゆく。

雲を透かすあいだに色を変えた陽光は、ビルの間を押し広げるように流れる隅田川の風景を、セピア色に染めていた。

どこか懐かしい色。

明日香は、隅田川のほとりにある遊歩道のベンチに腰掛けていた。

昔から——、子どもの頃から、流れる雲を眺めているのが好きだった。突き抜けるような青空ももちろん好きだった。けれど、少しずつ形を変えてゆく白い雲の間から、ちょっぴり垣間見えた空の青さを、どこか知らない世界への入り口のように、幼心が感じたからか。

空はいつも変わらないのに、その下にいて眺める人間は、変わっていかざるを得ない……。

そう思うと、明日香には空から降り注ぐセピア色が、懐かしさと同時に、失われた日々を悼む色にも感じられた。

「うまくいったな」抑揚のない男の声が、頭上からかけられた。

「──ほんとに喜んでるの？」明日香は苦笑を浮かべた顔を、広々した川面から傍らへと向ける。この男はどこまで他人の感情に頓着しないのかしら、と訝りながら。

「もちろんだ」

布施治人が、煉瓦で舗装された遊歩道に立っていた。何故か季節外れのソフトクリームを持って。

そして、そのずっと背後の、葉のない桜並木のそばには日高冴子が防衛要員のように立っていた。

冴子は明日香に輝くような笑顔を見せ、会釈するようにうなずいた。

「あら、日高さんまで」明日香は、冴子から布施に目を移して見上げる。

「新橋での後始末が終わって、あんたを探してたら、ちょうどあの子もあんたを探してたんでな。車に同乗させてもらった。……ほら」

布施は手にしていたソフトクリームを差し出した。「リクエスト通り、買ってきてやったぞ」

明日香は、布施の手に握られたコーンの上の、ピンク色の盛り上がりをちらりと見ただけで、顔を前に戻して言った。

「座ったら」

布施はソフトクリームを持ったまま、固太りの短軀（たんく）をどすんとベンチに落とした。

ほんとに無神経で嫌なやつ、と明日香は思った。

とはいえ、この傍若無人な布施という男がいなければ、今回の〝作業〟そのものがなかったのは事実だと、明日香は認めた。

それはあの、半年前に行われた、布施のいかがわしい質問から始まった内部調査の面接に端を発している。

明日香は自らの秘匿事項漏洩の事実はないと主張し続け、布施もまた、目の前の女性警察官の言い分に信憑性（しんぴょうせい）があると感じ始めた。

そしてもし、明日香に非がないとすれば、部内に不正があるということだった。

では、その警視庁公安部の秘匿する不正とはなにか。

明日香は、それを探り出すのを条件に、布施に情報を提供するよう、取り引きを申し入れた。

警察庁警備局長からの直接指示で、部内の不正を調査する〈特命業務班〉の運営者である布施は、その条件を飲んだ。

明日香が公安二課の添田を公衆トイレで待ち伏せできたのは、布施と世界貿易センタービル展望台で会った際に、布施が段取りの詳細を書いたメモをパンフレットに挟んで、行確の捜査員らに気づかれぬよう手渡したからだ。

さすがに、明日香がパンフレットで投げキスまでする大胆さは、予想外だっただろうが。

「加島を黙らせて、私に汚名を着せて……」明日香は呟いた。「事態を隠蔽できたと思った偉い人たちは、万々歳だったでしょうね……」

「ああ――」布施も同意した。「――あの塞田っていう、加島に輪をかけた馬鹿が、しゃしゃり出てくるまではな」

ほんとに愚かで、あらゆる意味で汚らしいやつだった、と明日香は思った。

塞田は、加島から公安一課と二課からの工作を詳細に記したノートを託されながら、それを用いて個人的利益を得ようとした。

脅迫だ。――しかも相手は警視庁公安部で、要求は莫大な金銭だった。

塞田は、多額の報奨費を扱う公安部なら、自らが秘密を握っている以上、金を払う可能性はあると踏んだ。しかし、このノートだけでは心許(こころもと)ない。

そこで、警察施設を狙った爆破事件を起こしたのだ。

最初の目標に新橋庁舎を選んだのは、そこには公安一課の協力者獲得を担当する〈特命作業分室〉が置かれており、公安部長宛の脅迫状とともに、加島のことを知っているぞ、というメッセージのつもりだったのだろう。

だが爆破はするが、人を殺しては元も子もない。殺せば公安もさすがに要求に応じず、凄まじい追及捜査の的にかけられるだけ、というのは、塞田にも解っていた。だから、あえて死人が出ないように、時間差で警告を与える、複雑な起爆装置を組んだのだ。

――さあ、早く金を払わないと、死人が出るかもしれないぞ……？

そう脅されているのが解っていながら、公安幹部は捜査を抑制せざるを得なかった。

追及すれば、捜査員たちはやがて加島三四彦の存在に行き当たり、せっかく隠蔽した不祥事が露見してしまう。脅迫状が捜査員らに明かされなかったのも、同じ理由だった。塞田は文面で、加島に言及していたからだ。

塞田は、自分は極左と関わりはなく警察はノーマークだから、絶対に人定は割れない、と高をくくって、有頂天だった。

けれど、半年前から目をつけていた者がいた。

明日香だった。――加島三四彦について、隠蔽されていない数少ない資料を丹念に調べた結果だった。

そして、警察嫌いのフリージャーナリストに身分偽変して、塞田に接触を図ったのだった。

ほんとに苦労させられた、と明日香は思う。とにかく独りよがりな男で、かなり注意して〝指導〟したのに、油断した挙げ句、防犯カメラであっさり人定を割られた。

さらに、あきる野市の古アパートに潜伏していると特定されるに及ぶと、決定的な証拠であるノートを入手するため致し方なく、明日香は、公安の逮捕が近いことを教えてやったのだった。

もっともあれはあれで、思わぬ余録があった。

ひとつは、公安一課の公然視察及び強制追尾を秘匿追尾へと切り替えさせるための、マンションで布施との芝居がうてたこと。

もうひとつは、塞田が私の身分偽変した〝女性ジャーナリスト〟に、決定的な信頼を寄せる一打になったことだ、と明日香は思った。

かくして、明日香は被せられた茨(いばら)の冠が不当な思惑の所産であったことを示す証拠を、デパートの屋上で手に入れたのだった。

「あんた――」布施は言った。「色仕掛けでもつかったのか」

「塞田に？　まさか」明日香は聞き返して、鼻先で笑った。「あんな人間としても最低なやつには、死んだっていいや。それに……」

明日香は続けた。「あんな童貞くんは、ちょっと手を触れて上目遣いに見てやれば、勝手に勘違いしてくれるわ。好きなように想像させとけばいい。……そういえば――」

明日香が布施を見ると、形を崩し始めたソフトクリームを気にしながら、布施も明日香を見た。

「――歩美ちゃんの件、大丈夫でしょうね」

塞田とデパートの屋上で接触する直前、トイレで入れ替わったのは、かつての協力者、奥野歩美だった。自分と背丈や髪型がよく似ているのを見込んで、明日香が頼んだのだった。

二つ返事で引き受けてくれた歩美を、明日香は守りたかった。
「ああ」布施はうなずいた。「塞田を逮捕してすぐ、あんたの追尾は解除された。
なにしろ警備局長が、公安一課長を警電で怒鳴りつけてやめさせたんだ。効果は
絶大だ」
「ならいいけど……。私も可能な限り、あの子の運営には立ち会う。だから、歩
美ちゃん本人がやめたいと申し入れるまで、続けさせてあげて。——役に立って
くれるはずよ」
「手配済みだ」布施は言った。「ほかにも聞きたいことがあるんじゃないのか」
「……」明日香はあえて無言だった。
「清竹公安部長以下、ほぼ全員の幹部が処分の対象だ。とくに隠蔽を主導した牛
島参事官と、事の発端をつくった門前二課長は、退職は避けられんだろうな。あ
んたを人柱にした本間課長は、オホーツクで流氷でも観察する羽目になるんじゃ
ないのか」
「——そう」明日香は短く答えた。

「しかしあんたは良かったじゃないか、あんたは少なくとも本部勤務のままだ」

「ええ」明日香は吐いた。「ただし、……刑事部でね」

ずっと以前、警察待機寮で極左暴力集団の爆弾テロ事件が発生した際、捜査で知り合った鷹野という警視が、声をかけてきたのだった。

……公安からでるって聞いたよ。良かったら、課長に君を推薦したいんだが……。

「ま、運が良かったと――」

「あんたに何が解るって言うの……！」

明日香は猛々（たけだけ）しい怒りを露わにして、布施を睨みつけた。

「……私がこれから相手にしなきゃならないのはね、凶悪犯かもしれないけど、頭に血を昇らせただけの素人よ！　そんな連中を、これからずっと、追い続けなきゃいけない……。その私の気持ちが、あんたなんかに解るの？」

明日香と布施は、しばらく睨みあった。

先に目をそらしたのは、布施だった。

「さあな」布施は無味乾燥に言った。「解りたくもないね。……いや、解りたくもないから、こういう人に嫌われる仕事を引き受けてでも、しがみついてるのかも知れん」

「最後の最後まで、嫌な人ね」

明日香は微笑みを口元だけに取り戻して、立ち上がった。

「おい、これどうするんだ」

布施が座ったまま、手にしたソフトクリームを示して言った。

それはもう完全に溶け出して正体をなくし、握った布施の手に幾つも筋をつくって汚しながら、地面に垂れていた。

明日香は満面の笑みを浮かべて言った。

「ほんとはね、大っ嫌いなの。ストロベリー味って」

歩き出した明日香の背後で、布施は目を見張り、そして……笑い出した。最後の最後に、してやられた、と。

明日香は布施の馬鹿笑いを背中で聞きながら、佇んだままの冴子に近づいた。

「日高さん」明日香は先に口を開いた。「ほんとうに、よくやってくれたわ。ありがとう」

「そんなこと……」冴子は微笑み、目を伏せた。「私、頼まれたからとはいえ、ああいう態度で接するのは……辛かったです。先輩あっての、私ですから」

「そんなことない。私がなにか教えてあげられる段階は、もう終わってる」

そう、大勢の前で堂々と、薄い鉛筆で工作決行を知らせる文を書き込んだ一万円札を、周りに不審感を持たせず手交できるくらいに。だからあの時、明日香は素直に冴子の成長を喜んだのだ。そして、ラブホテルでの、渾身の〝条件作為〟にも。

明日香は気恥ずかしそうにうつむく冴子の肩に手を置くと、囁いた。

「……あなた、布施さんに私の動き、逐一知らせてたのね?」

冴子のジャケットに包まれた肩が、わずかに緊張した。

「池袋での〝面接〟の夜、ラブホテルの周りにいたのは、〈カスミ〉の連中だったわ」

あのとき公安一課の行確員は、全員撒いてあった。

とすれば、あの夜工作の行われる事を知っている誰かが、知らせたということだ。

知っていたのはもちろん明日香自身と……、多田野に作業を仕掛けていた日高冴子だけだ。

「……！」冴子は息を飲んだ。

「いいのよ」明日香は冴子の耳元で囁く。「利用できるものは、なんだって利用しなさい。ここはそういうところだし……あの布施にも、利用価値はあるわ」

明日香は冴子の肩から手を放すと、すれ違い、歩き出した。

「先輩！」冴子が振り返って声をかけた。「車で送ります！」

「大丈夫、ありがとう」明日香は、片頬だけを背後に向けて、微笑んだ。「すこし、一人で歩きたいの！」

明日香は、眼を閉じて乾いた空気を胸に満たす深呼吸をし、それから、目を開いて遊歩道を歩き出した。

――さようなら、女狐と呼ばれた女。さようなら、女狐の生きた世界……。
その時、川面を吹き抜けた風が髪を揺らし、明日香はまた、眼を閉じた。

エピローグ

「――あの、どうかしたんですか」

……呼びかけられて、明日香は目を開けた。

そこは、ガス台と小さな流しがあるだけの、狭い給湯室だった。

明日香は流しの前に立っている自分を発見する。

――あら……どうしたんだろ、私。

「……あの」

脇を見ると、同じように流しの前に立つ、小柄な若い女が大きな瞳で見上げていた。

「――なんでもない、ちょっとぼうっとしちゃっただけ」

「……そう、ですか」

女は表情を変えず、流しに向き直る。

明日香はそんな女の様子にくすりと笑う。――決して無神経なわけでなく、それどころかとても繊細な心の持ち主なのだ。だから、いつも詮索したがらない。

その瞳の印象的な女は、吉村爽子（よしむらさわこ）といった。

刑事部の捜査一課に異動してからしばらくして、所轄から抜擢されてきた子だ。

「それにしても、おかしな習わしがあるものね」明日香は苦笑した。「〝在庁祝い〟って」

「――はい」

本部で当番についた捜査一課の係は、大部屋内の神棚に御神酒（おみき）をあげた上、係員みんなで手料理をつくり、質素な宴（うたげ）を催してから、勤務につくのだ。

本来なら、年若い爽子が率先して準備しなくてはならないのだが――。

得意料理は？　と尋ねると「あ、あの……、目玉焼きと……チャーハン、です」と答えるような爽子なので、明日香がこうして手伝っているのだった。

一緒に準備しながらほとんど口を開かない爽子だが、明日香は、決して嫌いではなかった。

表情を変えないのは、心になにごとか秘めているから。口数が少ないのは、心に告げたい言葉が渦巻いているからだ。

そして、とても優しい。

この子になら、と明日香は思う。いつか、私の経験したことを話すかも知れない。

もっとも、随分と短く端折(はしょ)った話になるだろうけど——。

「ほんと、おかしな習わしね」明日香は繰り返した。「〝在庁祝い〟って」

「——はい」爽子も、律儀にもう一度返事をした。

明日香はくすりと笑い、爽子はそんな明日香を、不思議そうに見上げた。

【主要参考文献】
「日本の公安警察」青木理　講談社
「秘匿捜査」「時効捜査」竹内明　講談社
「日本の情報機関」黒井文太郎　講談社
「公安は誰をマークしているか」大島真生　新潮社
「公安警察スパイ養成所」島袋修　宝島社
「公安アンダーワールド」　宝島社
「公安警察の手口」鈴木邦男　筑摩書房
「流出「公安テロ情報」全データ」　第三書館
「警察が狙撃された日」谷川葉　三一書房

以上の書籍を参考にさせて戴きました。著者の皆様と、出版に関わったすべての皆様に感謝申し上げます。ありがとうございました。なお、不適切な参照がありました場合には、それはすべて黒崎視音の責任です。

この作品は2013年2月に徳間文庫より刊行された『警視庁心理捜査官 公安捜査官 柳原明日香 女狐』を改題し新装版としたものです。なお、本作品はフィクションであり、実在する個人・団体等とは一切関係ありません。

本書のコピー、スキャン、デジタル化等の無断複製は著作権法上での例外を除き禁じられています。本書を代行業者等の第三者に依頼してスキャンやデジタル化することは、たとえ個人や家庭内での利用であっても著作権法上一切認められておりません。

徳間文庫

警視庁心理捜査官

公安捜査官 柳原明日香(こうあんそうさかん やなぎはらあすか)

〈新装版〉

© Mio Kurosaki 2021

2021年8月15日 初刷

著者 黒崎視音(くろさきみお)
発行者 小宮英行
発行所 株式会社徳間書店
東京都品川区上大崎三—一—一 〒141—8202
目黒セントラルスクエア
電話 編集〇三(五四〇三)四三四九
販売〇四九(二九三)五五二一
振替 〇〇一四〇—〇—四四三九二
印刷
製本 大日本印刷株式会社

ISBN978-4-19-894664-7 (乱丁、落丁本はお取りかえいたします)

徳間文庫の好評既刊

黒崎視音

緋色の華

新徴組おんな組士
中沢琴 上

書下し

尽忠報国（じんちゅうほうこく）の志を持つ者ならば、身分を問わず。十四代将軍上洛（じょうらく）警護のため広く天下から募られた浪士組。そのなかに一人、女性剣士の姿があった。中沢琴（なかざわこと）、上野国（こうずけのくに）利根郡（とねぐん）穴原村（あなばらむら）の剣術道場〈養武館（ようぶかん）〉の娘。法神流（ほうしん）の剣と薙刀（なぎなた）の遣い手である。江戸の伝通院（でんづういん）には土方歳三（ひじかたとしぞう）らのちに新選組として名を馳せる者らも集結、熱き心を胸に京を目指す。新徴組（しんちょうぐみ）組士として幕末を懸命に闘い抜いた琴の旅が始まる。

徳間文庫の好評既刊

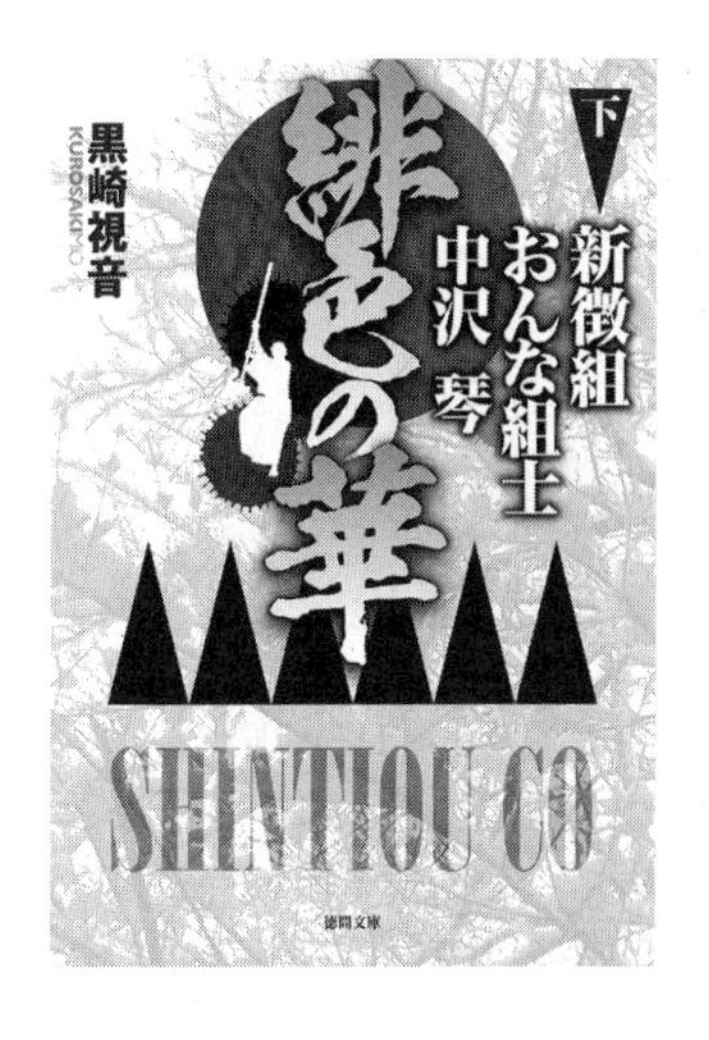

黒崎視音

緋色の華

新徴組おんな組士
中沢琴 下

書下し

伝通院以来、秘かに想いを寄せていた土方歳三との別れ。新徴組組士千葉雄太郎との恋。そして悲憤の別離。世のため江戸庶民のためと職務に精励する新徴組だったが、彼らのその高い志が皮肉にも歴史を動かす引き金となってしまった。戊辰戦争……。討幕の流れは止めようもなく、いつしか庄内藩酒井家は朝敵となってしまう。やりきれぬ理不尽さに戸惑いつつ中沢琴は泥沼の戦いに臨むのだった。

徳間文庫の好評既刊

黒崎視音
警視庁心理捜査官 上

今日からの俺は、昨日までの自分とは違う。あらゆる道徳はもはや無意味だ。この闇が自分を守ってくれる。そして俺は、闇から自在に姿を現し、獲物を再び闇の中に連れ去って行くのだ……。男が立ち去った後に残されたのは、凍(い)てつく路地の暗闇で場違いに扇情的な姿勢を取らされた女の死体だけだった——。暴走する連続猟奇殺人犯を追い詰める、心理捜査官・警視庁二特捜四係吉村爽子(よしむらさわこ)の活躍。

徳間文庫の好評既刊

黒崎視音

警視庁心理捜査官 下

いまでも夢に出てくる、あの男の目。泣けば殺される、自分では何もできない恐怖、惨めな悲しみに突き落とされたあの時の。だから、この犯人だけは許さない！　女という性を愚弄し続ける性犯罪者を……。忌まわしい記憶の葛藤を抱えながら快楽殺人犯を追う吉村爽子。女であるがゆえに、心理捜査官であるがゆえに捜査陣の中で白眼視されながら、遂に犯人に辿り着く。圧巻のクライマックス。

徳間文庫の好評既刊

黒崎視音
警視庁心理捜査官
KEEP OUT

あんた、なんで所轄なんだよ？　心理なんとか捜査官の資格もってんだろ、犯罪捜査支援室あたりが適当なんじゃねえのかよ……多摩中央署に強行犯係主任として異動（＝左遷）、本庁よりも更に男優位組織でアクの強い刑事達に揉まれる吉村爽子。ローカルな事件の地道な捜査に追われる日々の中で、その大胆な〝筋読み〟が次第に一目置かれるようになる。「心理応用特別捜査官」吉村爽子の活躍！

徳間文庫の好評既刊

黒崎視音
警視庁心理捜査官
KEEP OUTⅡ 現着

警察小説界最強のバディ、明日香と爽子。二人の前に解決できない事件はない。公安あがりの異色の捜一係長柳原明日香は、解決の為ならなんでもありの実力行使派。かたや、沈着なプロファイリングからの大胆な推理で真相に迫る地味系心理捜査官吉村爽子。男社会の警察組織で、マッチョ達を尻目にしなやかにしたたかに難事件を解決へと導く。彼女達が繰り広げる冷静な分析とド派手な逮捕劇。

徳間文庫の好評既刊

黒崎視音

警視庁心理捜査官

純粋なる殺人

これは無理筋じゃない……。吉村爽子の目にはいったい何が見えているのか？　他の刑事とは別の見立てで、時に孤立しながらもいち早く真相にたどり着く。プロファイラーとして訓練を受けた鋭い観察力や洞察力、直感の賜物だ。その力を最も理解し頼りにしているのが、かつて公安の女狐と恐れられた捜査一課五係係長柳原明日香。この最強タッグの前に、二つの驚くべき難事件が立ちはだかる。